# 文化江南札记

增补版

胡晓明

著

·上海·

华东师范大学出版社

图书在版编目（CIP）数据

文化江南札记：增补版/胡晓明著.——上海：华东师范大学出版社，2019
ISBN 978-7-5675-8891-2

Ⅰ.①文… Ⅱ.①胡… Ⅲ.①随笔－作品集－中国－当代 Ⅳ.① I267.1

中国版本图书馆 CIP 数据核字 (2019) 第 033625 号

# 文化江南札记（增补版）

著　　者　胡晓明
策划编辑　许　静
项目编辑　朱晓韵
审读编辑　林　仪
营销编辑　陈　斌
责任校对　时东明　孙祖安
装帧设计　卢晓红
封面绘画　单　凡

出版发行　华东师范大学出版社
社　　址　上海市中山北路 3663 号　邮编　200062
网　　址　www.ecnupress.com.cn
电　　话　021-60821666　行政传真　021-62572105
客服电话　021-62865537　门市（邮购）电话　021-62869887
门市地址　上海市中山北路 3663 号华东师范大学校内先锋路口
网　　店　http://hdsdcbs.tmall.com

印 刷 者　常熟高专印刷有限公司
开　　本　890×1240　32 开
印　　张　9.375
字　　数　169 千字
版　　次　2019 年 5 月第 1 版
印　　次　2021 年 11 月第 2 次
书　　号　ISBN 978-7-5675-8891-2/I.2010
定　　价　45.00 元

出 版 人　王　焰

如发现本版图书有印订质量问题，请寄回本社客服中心调换或电话 021-62865537 联系

# 武 林 诗 笺

# 姑　苏　文　心

# 小　引

潭漫江淮万里春，九黎才格又苗民。

即今魋髻穷山里，此是江南旧主人。

——王国维《读史二十首》之四

王静安先生的这首绝句，分明是一个发现。他将今人洋洋数十万字的科研论文，仅以寥寥几行诗语，富于情韵地咏唱而出。

尽管我并不是苗民，却正是从"魋髻穷山"的深谷老林中走出，来到这湿润多情、温柔富贵的江南水乡。于是就像《红楼梦》第三回贾宝玉看罢了林妹妹，便说道："这个妹妹我曾见过的。"读者诸君倘如贾母哂我"可又是胡说"，我也不辩。春天的陌上花开，秋日的斜阳流水，长亭短亭的等了好久，心里只如宝玉说的"今日只作远别重逢"，"看着面善，心里就算是旧相识了"。

有一种属于诗的神秘经验，即"一见此地名，诗味便油然而生"。英哲詹姆斯说："每有一单字而能使人悠然若冥接神明者。"他举 Philadelphia 一地名之于一德国老妇，Chalacedony 一地名之于神学家福斯托（Foster）为例，皆证明一种类似于宗教心理的神秘体验。英国有一条谚语，叫"赐福之语美索不达米亚"（that blessed word Mesopotamia），说古代有一老姬，虔敬事天，偶闻Mesopotamia一地名，遂惊为奇字，奉持念诵，于是得极乐之境。文章大家史梯芬生曾回忆儿时闻Jehovah Tsidkenu一名，不解何义，却神驰心悦（均见钱锺书《谈艺录》第八十九则）。奇怪的是，"江南"一名，对于我正有这样的神秘经验，长久如此。我想可能每个人在其一生中，都拥有极少数这样的片语只字，珍之若神明，念之悠然若冥接天地之美，尤其是对于有文字恋物癖的书生。真正的书生拥有的并不是整座的图书馆，说到底也只是吉光片羽的几个词。而真正的书生好比炼丹的老道士，一生九转灵砂的功夫，也不过就是成就几粒金丹，然而在其中凝炼了他的身心性命。靠着这一点灵丹，然后虚若无物，可以升天，可以转世，其实并不是玄虚荒诞的事情。所以这册札记，并不像古人的笔记那样纯知识的取向，并不专注于纯客观的记录钩沉，只是随意自由地俯拾，不拘体例，文体与心情相呼应，岁月的新痕与历史的旧迹不期然而然地相遇，在情在义地勾画一个地名背后的巨大天地，永远视这样的勾画俯拾为旅程，为长亭短亭的漫漫长路，没有封闭停止，就像是古诗里所说的"皋兰被径路，青骊逝骎骎"——有那么好的一个地方，与我的精神有着永远的交流感应，而我又确信她不仅"在"历史里，而且"在"我的生存背景中，便觉得生命真是一件有意思的事情了。

　　这一小册子的写作背景，重读陈寅恪先生《柳如是别传》是一个重要机缘。只要你是认真读书，那么，每一本好书都是

《柳如是别传》书影

一种观照、一种接引、一种敞开、山长水远的一种深意。如果没有陈先生这本书，我对于"文化江南"的勾画可能会是另外的样子了；没有这本书，我或许只有想象，而无法观照。《别传》确实是深不可测，但它首先教你懂得如何观照。

观照要求屏息静气。既是细看，也是整个地看。细者，洞幽烛微；大者，观水观澜。就大处而言，有几个想法可以在这里提一提。

现代人往往将江南文化描写成特具女性情调的杏花春雨、

旖旎香梦。不错，正像古诗所写的："江雨霏霏江草齐，六朝如梦鸟空啼。""文化江南"的这样一种美，无疑有着常新常存的魅力，然而我总感到这样说着江南的雨、江南的梦、江南的人与事，说得多了，似乎有着某种重要的遮蔽。比如，这本书就写了许多明遗民，有的是大家都知道的，有的却鲜为人知。他们存在的意义，对于现代人来说，正是所谓"百姓日用而不知"。其实在三百多年前，明遗民就为今天播下了文化精神的种子。我们知道，中国数千年未有之变局是辛亥革命的成功，我们也知道，辛亥革命的渊源是吾国固有之民族思想；但是，很少有人知道，也很少有人认真想一想，这个思想的真正播种地，是明清之际的江南文化。从这个意义上说，明清之际的民族思想，是现代文化的真正发源处。如果将民族文化作一个大生命来观照，顾亭林、黄梨洲等文化遗民，都是现代文化的播种人，这正是"文化江南"的深意、远意。牟宗三先生曾深刻指出："中国文化亡于明亡之时。"但从流转意义说，又何尝不是它的再生之时？三百年间事，其间伏流奔莽，隐显无定，知识人少有不被五光十色的现象所迷惑。但孟子说的"观水有术，必观其澜"，依然是大智慧。

民族思想的追寻，当然不是本书想表达的唯一主题。"文化江南"意涵极广。比如，中国文化一直试图去解决的另一难题是：究竟雅与俗二者能不能融合在一起？中国文化长期以来确有一种努力方向，即试图将精致、优雅、高深的文化旨趣，与日常人生的平实、普通、自然的文化趣味融合起来，不在日常人生之外去企求一种超越与孤绝的神境，而就在日常人生与平实自然之中，涵具精神的润泽与人生的远意。这固然是中国文化的优势；但是，其代价往往是牺牲优雅文化的细腻、秀异、精深，以及超绝孤诣的品质，拉平了高妙与平庸的界限，而变得丧失了刻意创新的生气活力、一往不返的献身精神。有些人过于强调了它的优势，而有些人又只看到它的弊病，其实都是不公正的。这一问题，在"文化江南"中有着丰富多样的实践，有不少文化经验、人文遗产值得去发掘，值得现代人借鉴反省。

一个人在遭逢困境时，最能激发出他的天赋优质，也最能表现出他的人格中的文化程量，发挥出他固有的文化积累中优秀的方面，同时也显露出某些不适应的地方；而天赋优质与文化陶养往往是统一的。我并不试图将这个探索当作一项科研课题来做，但是在断断续续的札记中，多多少少触及这个问题。牟宗三先生在《历史哲学》一书中说，文化生命有两个层面：一是尽才、尽情、尽气；一是尽心、尽性、尽理。往往历史上的某一阶段，文化生命偏于尽才尽情尽气的创造活动，如六朝与唐代；而另一些阶段，则偏于尽心尽性尽理的文化创造活动。明清之际的中国文化，出了不少人物，有许多豪侠义士、高人大儒，许多才子佳人、名姝国士，从历史人物的角度看，恰恰同时显示了中国文化中尽心尽性尽理、尽才尽情尽气的丰富多姿。哪些是尽心尽性尽理，哪些是尽才尽情尽气，而心、性、理与才、情、气可不可以同时存在？同样受到尊重？本书以随笔的方式，记下一些读书心得和感受，更系统的研究则有待于他日。

　　其实，也很难断定将来的系统研究成果就一定比现在的随意勾画更有价值。也许更重要的不是结论，而是书写活动本身；更重要的也许不是发现问题、解决问题，而是通过在情在义的真正书写活动进入历史传统之中。认真的书写过程正是对于传统最佳的体认方式之一，而不仅仅是对于历史的分类编排与整理剖析。对于历史文化世界，其实有多种进入方式：你可以带着研究的眼光细考详察这里的人事与故物；你可以怀着作家的热情、想象，运用灵巧的技术，去构作完整、大幅、气韵深长的大文章；你当然也可以怀着一份简单的游子的心情，去追忆这里曾发生的一切。于是你可以写得意随景到、笔借目传、如数家珍、如写家书。我的文体宁取后者。研究的眼光，有时太过于厚重、胶执、客而不主；而作家的做法又太过于制作味、过于铺张、主而不客。我这里才是中国笔记文的散淡自在的老路数：予受一体、人我兼摄、忙闲有节。张宗子曾说："木坚而焰透，铁实而声宏。"这是一种很高的笔记散文境界，我虽不能至，心向往焉。所以，在我看来，也许更重要的并不是去隆重地发掘一座湮灭尘封的古迹，也不是将历史作为我自由想象创造的材料，而应是真实的感应。通过我的这支笔，去触摸、亲近那越来越与现代人遥远相隔的心灵的存在。当年苏东坡在凤翔寺里困眠，看着眼前那王摩诘壁上画僧，残灯耿耿，踽踽欲动。余目盱盱，能无梦想？

一九九七年仲夏于日就月将斋

金陵史迹

由乌衣巷口、王谢堂前飞来的旧时燕子，到这里，面对千里清空，欲诉还休，欲飞又留，便成为那千古士人出世入世、难舍难分的一个石头般固执的矛盾形象。

# 凤凰台

从前读李太白"三山半落青天外，二水中分白鹭洲"，总以为金陵的凤凰台真的高得可以"回顾江山，下窥井邑"。偶阅陈作霖的《金陵琐记》，其中有一幅《凤凰台山图》，发现凤凰台下不过一小山冈而已。图上有亭有树，有几间茅屋，亦有一段小山墙，像是一隐士的山庄。陈作霖清光绪初年举人，曾馆于凤凰山下。这幅图只是真实表现了晚清的凤凰山气象，也许不能与盛唐时的凤凰山相比了，时间上千年之悠久，真是"山犹如此，人何以堪"！不过，《登金陵凤凰台》诗中"晋代衣冠成古丘"一句，历代注家似未能了解其中典故。据《金陵琐记》，至少有三处"晋代衣冠"的古丘遗迹可考，即阮籍、戴逵、谢玄墓。兹录有关阮籍的一则如下：

> 凤凰台山之巅为花盝冈，一名仓山。旁有阮步兵墓（明万历间李昭掘得石碣有"晋贤阮"三字，已又得半段曰"籍之墓"，因以为步兵葬此。顾文溪《瓦官寺古迹考》名其地为阮生里）。

乾隆时的《江南通志》，有"二贤祠在凤凰台旁"一条，也提到清雍正初年在凤凰台建祠专祀李白，于台址掘得断碑，有"晋贤阮步兵墓"六字，因合祀阮籍于此。这两条材料，都不会是空穴来风。如果确有此石碣断碑，那么，它透露了晋室南渡之后，玄风畅炽的士人生活中阮籍的影响。从前我只知道阮籍死后，曾在山阳有七贤祠，在他的故乡有阮嗣宗庙，那都是在北方；而南方的金陵竟然有聚族而居的阮生里（类似孔子死后，其徒弟门生聚居的阙里），而且东晋士人为他在凤凰台上筑衣冠冢，可见阮籍与南北朝玄风关系之深。人文地理的残碑断碣，可以复活历史文化的真实图像，这正是一个证明。

凤凰台山的另一晋代衣冠人物，是"王子猷雪夜访戴"的戴逵。戴逵是一个名士、画家，曾在凤凰台山旁的瓦官寺作画，可是他的人物画却被庾道季批评为"神明太俗，由卿世情未尽"。这可能是中国古代艺术批评中最不讲情面的批评。戴逵的回答也十分耐人寻味："惟务光当免卿此语。"务光是与许由齐名的古之高人。从这个意义上说，画出一幅真正不俗的画，实在是跟登天一样难的事情。戴逵承认自己修炼不成，跟李太白感叹三山缥缈难寻一样无奈。

凤凰台山之东，是谢玄墓。谢玄（字幼度）是谢家子弟中最出色的人物。时人说"清风朗月，则思幼度"；又说"玄识局贞正，有经国之才略"。谢玄其人，既有清天朗月、和风细雨的幽美，又有疾风迅雷、见龙在天的壮美。他亲率大军，以少敌众，大破苻坚于淝水，正是生命强度的表现。当谢安问他《诗经》中哪一句最好，他脱口答道："昔我往矣，杨柳依依；今我来思，雨雪霏霏。"这又是情思丰茂的才子口气。有壮采，有风姿，李白最欣赏的晋代衣冠人物，正是谢玄一流。如此读来，《登金陵凤凰台》诗末的二句"总为浮云能蔽日，长安不见使人愁"，才有真正的着落。

不过，太白诗不可及处，是发端两句的诗兴："凤凰台上凤凰游，凤去台空江自流。"说出了一切天真的理想主义者的感慨。《论语·微子》云：

> 楚狂接舆歌而过孔子，曰："凤兮凤兮！何德之衰！往者不可谏，来者犹可追。已而已而！今之从政者殆而！"孔子下，欲与之言。趋而辟之，不得与之言。

谪仙的感叹，比楚狂接舆更深。功名不可求，理想不可为，仙山又远隔人间，此心没有个安顿处，生命的风姿、壮采，都将如流水落花、荒丘宿草而已。

凤凰台一经李白题咏，遂成为胜迹。历代故事不少，如《娱书堂诗话》记，宋人郭祥正曾与王安石同登金陵凤凰台，追次李太白韵，援笔立成，一座尽倾。诗开端即悲感淋漓：

> 高台不见凤凰游，
> 浩浩长江入海流。
> ……

明代有个天真而深情的监生，名姚奎（字子东），见凤凰台东有老栝一株，于是购其地，营一小园，名为候风堂，自号栝园居士，在其中聚集法帖名画，鉴玩终日。有一天，忽然唱了一支歌，歌辞云：

高台巍巍兮，蔓草生。凤凰不来兮，栝且倾。

唱完，便死于树下。

凤凰台正东，即杏花村。（传）杜牧《清明》诗：

清明时节雨纷纷，路上行人欲断魂。
借问酒家何处有，牧童遥指杏花村。

在江南文化版图上，是一个空间的关系，也是一个诗性的逻辑。

# 莫愁湖

莫愁湖在金陵水西门外，湖面宽阔，风景明净，气象开朗，确有北方女子风调。相传南齐时，有洛阳少女莫愁远嫁江东卢家，住在湖滨，因得此名。王壬秋（闿运）同治十年撰长联，原题作：

> 莫轻他北地燕支，看画艇初来，江南儿女无颜色。
> 尽消受六朝金粉，只青山依旧，春来桃李又芬菲。

从前，我游金陵，对于莫愁湖的名字总觉得奇怪。莫愁女一无动人的悲剧故事，二无诗词文才，她凭什么资格，使"江南儿女无颜色"？是不是因为卢家是中古时代的世家豪族，所以卢家少妇就可以大家闺秀的身份，骄视江南的小家碧玉如苏小小、真娘一流？唐人沈佺期一曲"卢家少妇郁金堂，海燕双栖玳瑁梁"，或许真的代表了一种轻淡言愁、调高格古、风华流丽的闺中贵妇文学传统？因而，莫愁成了艳丽而典雅的某种贵族美学时尚，帝王都的金粉气也需要这种符号来点缀才融洽相称？

如果这样，莫愁只表示某种肤廓空洞的矜气，缺少真正深切感人的文学心灵。但是，只要我们追溯到有关莫愁的文本原典，就会发现其他一些更为重要的东西。

《玉台新咏》卷九《歌词》二首之二云：

> 河东之水向东流，洛阳女儿名莫愁。莫愁十三能织绮，十四采桑南陌头。十五嫁为卢家妇，十六生儿字阿侯。卢家兰室桂为梁，中有郁金苏合香。头上金钗十二行，足下丝履五文章。珊瑚挂镜烂生光，平头奴子提履箱。人生富贵何所望，恨不嫁与东家王。

这首古乐府的本事，实渺茫无可考。其中最难理解的是，为何既"十五嫁为卢家妇"，而又"恨不嫁与东家王"？这莫非是一首歌咏贵妇红杏出墙心理的古诗？作为卢家少妇，已享尽一切荣华富贵，从头到脚，从里到外，都有了足以骄人的地位，还有什么不满足？"东家王"又是何许人？是隔壁的一个书生才子？是偶然邂逅的风流萧郎？诗中都不肯再多透露一字。只有一点是可以肯定的，"东家王"绝不比"卢家"有钱、有地位。所以，六朝以后的诗人，很合理地将"东家王"理解为风流才子王昌（相当于明朝的唐寅），遂使"莫愁女"的典故增添了真正的浪漫色彩。李商隐《代（卢家堂内）应》诗，正是一个典型的说法：

> 本来银汉是红墙，隔得卢家白玉堂。

柳如是画迹

谁与王昌报消息，尽知三十六鸳鸯。

　　李商隐将牛郎织女那样有情人不能相会的相思之苦，赋予了莫愁女。于是，追寻自由，向往知己，不慕富贵，便成为莫愁女最有光彩的性格魅力。

　　但是，"虚者实之"，将莫愁女变成生活中真实存在的女子，则是钱牧斋与柳如是的共同创造。

　　柳如是原名杨爱，字影怜。于崇祯十三年冬访牧斋于半野堂之后，始改名为柳隐。牧斋字之以如是，号河东君。表面上看，柳如是有儒士之风，名号自应扣合柳河东，其实牧斋以河东君为柳如是名号的深意，并非柳河东，而是《玉台新咏·歌词》之二首句"河东之水向东流"。自号东涧老人的牧斋，乃是

《河东君初访半野堂》男服像
小影，顾苓作，余集摹

暗将柳如是比为大胆追求爱情自由、向往风流才子的莫愁女。据陈寅恪先生考证，牧斋竟然在未见河东君之前，就已经将她比为"卢家少妇"，牧斋《初学集》十六卷《（崇祯十三年春间）观美人手迹戏题绝句七首》之三云：

> 兰室桂为梁，蚕书学采桑。
> 几番云母纸，都惹郁金香。

"郁金香"在这里自然是浓郁的单相思之情。再过了几个月，牧斋作《永遇乐·（崇祯十三年）八月十六夜有感》词，云：

　　银汉红墙，浮云隔断，玉箫吹裂。白玉堂前，鸳鸯六六，谁与王昌说？今宵二八，清辉香雾，还忆破瓜时节。剧堪怜，明镜青天，独照长门鬓发。

　　莫愁未老，嫦娥孤另，相向共嗟圆阙。长叹凭阑，低吟拥髻，暗与阴蛮切。单栖海燕，东流河水，十二金钗敲折。何日里，并肩携手，双双拜月。

　　不久，河东君幅巾弓鞋，着男子服，亲访半野堂。钱牧斋为河东君筑我闻室，以正嫡大礼迎娶河东君于虞山，共同校书修史于绛云楼，终于圆成了"双双拜月"的人间良缘。在这个过程中，柳如是不仅深悉有关"莫愁女"的情感暗码，而且参与了这一新生命的创造，如她的《次韵奉答牧斋冬日泛舟诗》：

　　　　谁家乐府唱无愁，望断浮云西北楼。
　　　　汉佩敢同神女赠，越歌聊感鄂君舟。
　　　　春前柳欲窥青眼，雪里山应想白头。
　　　　莫为卢家怨银汉，年年河水向东流。

　　其中藏有"柳"、"河"、"东"、"君"四字。而《春日我闻室作呈牧翁》诗：

　　　　裁红晕碧泪漫漫，南国春来正薄寒。

此去柳花如梦里，向来烟月是愁端。

画堂消息何人晓？翠帐容颜独自看。

珍重君家兰桂室，东风取次一凭栏。


又分藏有"柳"、"如"、"是"、"河（何）"、"东"、"君"六字。这是只有他们两人可以共享的情感秘密。在诗谜情缘的释解过程中，柳如是确实表现了大胆追求婚姻自由幸福、向往文学知己的品格。至此，一个活生生的"莫愁女"的创造过程宣告完成。我们不能不深深佩服钱牧斋确是高才博学、卓绝今古的风流教主！

从前，我们只知道文学作品中的人物是由现实生活中的人物加工塑造而成，却不知道文学作品中的人物也可以创造现实人生中的人物，这后一方面尤为神奇！王壬秋的莫愁湖名联，最后定稿是：


莫轻他北地燕支，看画艇初来，江南儿女生颜色。

尽消受六朝金粉，只青山无恙，春来桃李斗芬菲。


不管他理由是什么，这一"生"字，一"斗"字，确是改得很好。

# 新　亭

　　有一些诗歌中极为常见的地名，在今天已不可考知。譬如"新亭对泣"中的新亭，我们只知道它在金陵，至于在长江边还是在秦淮河边，则根本没有文献可据。但是，读书心细的古人，往往能从古书的字句之间，古人说话的语气微妙处，大致推测出地点和方位。譬如说新亭应在秦淮河边，而非长江边，正是这样一个佳证。

　　《世说新语·言语》："过江诸人，每至美日，辄相邀新亭，藉卉饮宴。周侯（颛）中坐而叹曰：'风景不殊，正自有山河之异！'皆相视流泪。惟王丞相（导）愀然变色曰："当共戮力王室，克复神州，何至作楚囚相对？'"这是"新亭对泣"的原典。粗粗一读，我们确实找不出新亭在秦淮河边的证据。但是仔细想一想"风景不殊"与"山河之异"二语，就会发现一个问题：如果将"山河"解为国家政权，将"风景"读为山川自然，那么，这句话就有一语病：山川自然依旧是原来的山川自然，而政权已易手异族统治了。可是王导、周颛诸名士饮宴赏景所面对的山河，分明并未沦落异族之手，建康依然是南中国的首都，谈不上"山河之异"的。

　　宋人周密说："风景不殊，举目有山河之异。此江左新亭语，寻常读去，不晓其语。盖洛阳四山围，伊、洛、瀍、涧在中。时建康亦四山围，秦淮直其中，故云耳。所以李白诗曰'山似洛阳多'，许浑诗云'只有青山似洛中'。"（《浩然斋意抄》）原来，王导诸人原先在西晋的首都洛阳饮酒，所见到的风景与在秦淮河边所见的风景并没有什么两样，皆有眼前河、四面山，此即所谓"风景不殊"；然而原先的山河，此时已沦落于异族统治之下了，此即所谓"山河之异"。这样读，仿佛让我们置身于过江名士的宴饮集会，听得到他们的歔欷感叹。这种间接考证的方法，比直接考证的方法更高明，也更需要文学史家有一种设身处地、揣想古人的感受能力。陈寅恪先生有关文史典籍研究方法的名言："吾人今日所可依据之材料，仅为当时所遗存最小之一部，欲藉此残余断片，以窥测其全部结构，必须具备艺术家欣赏古代雕刻绘画之眼光及精神，然后古人立说之用意与对象，始可真了解。"周密的这个解典方法，恰是陈先生观点的一个最好的说明。

"新亭对泣"一典中，"当共戮力王室，克复神州，何至作楚囚相对"的王导，是不是作大言欺世？关于这个问题，清人王鸣盛《十七史商榷·晋书王导传多溢美》云："导之所以骄人者，不过以门阀耳。"陈寅恪先生认为此说"乖谬特甚"。他写《述东晋王导之功业》一文，详加考述，结论说：

王导之笼络江东士族，统一内部，结合南人北人两种实力，以抵抗外侮，民族因得以独立，文化因得以续延，不谓民族之功臣，似非平情之论。

　　此外，"新亭对泣"作为诗典，诗人多用原典的正面意义，即尊王导而贬周颛，视"新亭对泣"为亡国之音。如陆游《夜泊水村》："老子犹堪绝大漠，诸君何至泣新亭？"辛弃疾《水龙吟·甲辰岁寿韩南涧尚书》："渡江天马南来，几人真是经纶手？长安父老，新亭风景，可怜依旧！"而陈寅恪先生20世纪30年代初的一首绝句云："钟阜徒闻蒋骨青，也无人对泣新亭。南朝旧史皆平话，说与赵家庄里听。"则将"新亭对泣"一典用以其相反意义。不要说王导，就连周颛也时无其人，新亭之泣，在这里是表达一种深切的忧患意识。它的今典，即"民族得以独立，文化得以延续"的希望。所以，陈先生说他的这首诗乃是一首关于民族文化命运的诗谶。此后二十年，陈先生衰病流离，双目失明，真的成了那斜阳衰柳之中，赵家庄里负鼓作场之盲翁了。

# 燕子矶

金陵城外，长江边上，观音山蜿蜒游走数十里之后，到此忽然突起一峰，凸出江外，三面临空，如螺，如柱，如奇石盆景，又如燕子展翅欲飞，故名燕子矶。长江从西而来，一路波涛汹涌，皆有小山小矶，顾盼相送，如大孤、小孤，如金山、焦山。而燕子矶兀踞于金陵上游、帝都门槛，看往来风帆，熙熙攘攘、为名为利、尽人彀中；看沙鸥点点、烟雾迷离、潮打空城寂寞回；看大江东去、浪淘尽风流人物。燕子矶，原来是那领略够了晋代衣冠、吴宫花草，由乌衣巷口、王谢堂前飞来的旧时燕子，到这里，面对千里清空，欲诉还休，欲飞又留，便成为那千古士人出世入世、难舍难分的一个石头般固执的矛盾形象。

我这里要讲的，是燕子矶无数兴亡旧事中十分令人感慨的一幕。

顺治十四年秋天，钱谦益来到金陵，一个芦花瑟瑟的傍晚，在燕子矶送客。先是送客舟中，有《燕子矶舟中作》，后又返回矶岸，有《燕子矶归舟作》。第一首写道：

轻寒小病一孤舟，送客江干问昔游。

老有心情依佛火，穷无涕泪洒神州。

舞风矶燕如赪尾，吹浪江豚也白头。

水阔天高愁骋望，寻思但是莫登楼。

这首诗中，身老孤舟的飘零感叹，泪洒神州的兴亡旧恨，表现得很突出。但是他除了这样的感叹之外，还有"骋望"，还有"寻思"。那么，他又在望什么？思什么呢？第二首写道：

不成送别不成游，脚气人扶下小舟。

作恶情怀思中酒，薄寒筋力怯登楼。

金波明月如新样，铁锁长江是旧流。

风物正于秋老尽，芦花枫叶省人愁。

诗中说，他的心情很坏，懒得登上那削壁峋崖之上的楼台。唱一声"千寻铁锁沉江底，一片降幡出石头"的悲歌，歌声与寂寞而还的江涛相应答。挥一挥手，客舟去处，明月横江；北风飒然，万木飘坠。便觉得自己如同那个遭人遗弃的琵琶妇，心中的万千秋意，都化而为眼前无尽的枫叶芦花了。

在这两首诗里，钱牧斋并不是一般地感叹人事代谢、江山兴亡。他的"作恶情怀"，他的"愁"，都不仅是一般的咏古伤今的惘然，而都是与一个希望的破灭、一次等待的落空、一回洗却罪孽的机会的丧失有关的。他在这里等一个人，只是，我们从这两首诗里，不易发现这个秘密罢了。钱牧斋的《有学

集》，是按年代编排作品的。在这两首诗的前面，有一首七言
绝句：

> 槭槭秋声卷白波，青山断处暮云多。
> 沉沙折戟无消息，卧看千帆掠槛过。

值得注意的是，他为什么说"无消息"？他在企盼着什么
消息？钱牧斋的"沉沙折戟"，与小杜的"折戟沉沙"，同样具
有一种兴亡悲感，但心情内容十分不同。杜牧的《赤壁》诗云：

> 折戟沉沙铁未销，自将磨洗认前朝。
> 东风不与周郎便，铜雀春深锁二乔。

杜牧的"折戟沉沙"，应是对历史故实的反思，而钱牧斋的
"沉沙折戟"，则有关一件当前事件的询问。是船沉了么？是战
败了么？为什么"过尽千帆皆不是"？为什么没有来自远方的
消息？此时的钱牧斋，原来正在焦急等待郑成功的海上之师。

顺治十四年，郑成功准备由海上入长江，直取南都金陵。
郑成功的这次军事行动，是经过海内外反清复明势力多方谋划、
周密布署的一次行动，是明代遗民志士寄予很大希望的一次决
定生死存亡的战斗。钱牧斋这次到金陵，正是为联络金陵有志
反清复明之士，为迎接郑氏攻取南都，做里应外合的组织工作。
决定战斗的关键，是气候。当时，魏白衣致郑成功书函说："海

道甚易，南风三日可直抵京口。"

可惜的是，"东风不与周郎便"，郑成功一直没有能来。

清徐鼒《小腆纪年附考》记："明朱成功部将施举与我大清兵战于定海关，败绩死之"，考云："时成功谋大举入长江，令举招抚松门一带渔船为向导。举至定海关，遭风入港，遇水师，力战而死。"时间是顺治十四年四月。

钱牧斋一直等到仲秋九月，时气候风向改变，郑成功已失去乘南风直取金陵的任何可能性。钱牧斋在燕子矶送走的客人，很可能正是为迎接郑成功而来的反清复明志士；而他的心意灰冷，也恰是因这番等待与企盼的落空。

我们读他的"老有心情依佛火，穷无涕泪洒神州"，真有说不尽的悲凉心事；而再来读他的"金波明月如新样，铁锁长江是旧流"，则实在是有说不出、洗不尽的千古遗恨了。破译燕子矶送客心情的关键，正是"沉沙折戟无消息"一句诗所用的典故。牧斋《有学集》在清代成为禁书，所以，为此书作注的钱曾在这句诗的典故出处里，只引了杜牧诗的前两句，恰恰隐瞒了牧斋"东风不与周郎便"的真实心理活动。

一个原先降清做了贰臣，后来又悔恨，并积极参与反清复明活动的复杂历史人物的心理活动，就由对燕子矶泛泛的兴亡感叹巧妙地遮蔽起来了。陈寅恪先生将这种用典方法称为"古典今事，融为一炉"。以这种方法读史，让我们进入历史与人物的心灵深处，仿佛于月夜登燕子矶绝顶，拾级而上之际，细聆道边松风、楼上鱼音与脚底潮声相应答……

# 明孝陵

　　钟山南麓独龙阜玩珠峰下的明孝陵，是南方最宏大的帝王陵墓。在中国历史文化中，它的名气之大，尚不在于气局之雄伟、建筑之美富、宝顶之创制，以及后来北方十三陵的模仿，而在于史册大书特书、士人口耳相传的故事——明遗民顾炎武于明亡之后的七次拜谒。顾炎武可比为宋代的谢皋羽。谢氏西台恸哭祭奠之日，富春江上，时有元兵巡艇往来；顾氏孝陵徘徊瞻视之时，陵庙周围，常有胡骑充斥。他们的危苦孤忠，异代同感，然而他们的内心信念却不一样。谢皋羽的西台恸哭，是认同严子陵的不仕王侯，高尚其志，作知其不可为而为之的绝望抵抗；而明遗民顾亭林的五谒孝陵，则不仅是答复母亲遗言"无为异国臣子，无负世世国恩"，更是心悬明王朝的华夏正统、礼乐文明，作贞下起元、一元来复的中兴期待。所以，顾氏作《孝陵图》诗，会有"文自成祖为，千年系明祚"，"幸兹寝园存，皇天永呵护"这样执着、乐观的诗句。

　　细读亭林先生的《孝陵图》长篇五古，可见他寓深情苦志于冷静记录，一草一石皆不浮泛虚饰，表现出求真求实的朴实谨笃性格。如石兽、石人的位置，门庭的数目，殿楼与东陵的距离，甚而陵木的多少等，一一图写，准确不苟。"尚虑耳目偏，流传有错误。相逢虞子大，独记陵木数"。他还要找陵官取证核实，纯是朴学家的态度。在这首诗的自序中，有一处细节，他发现"殿上中官奉帝后神牌二，其后盖小屋数楹，皆黄瓦，非昔制矣"。从偌大一个陵墓建筑群中，拈出假冒伪劣的一角来。在顾亭林身上，科学的求真求实精神，通于道德的求善求正精神。他那些"诤遗民"的言论，同样是对于假冒伪劣遗民的揭露。其《广宋遗民录序》云：

> 庄生有言："子不闻越之流人乎？去国数日，见其所知而喜；去国旬月，见所尝见于国中者喜；及期年也，见似人者而喜矣。"余尝游览于山之东西、河之南北二十余年，而其人益以不似。及问之大江以南昔时所称魁梧丈夫者，亦且改形换骨，学为不似之人。

可惜顾亭林未能将那些"魁梧丈夫"指名道姓出来。又《日知录·文词欺人》云：

> 末世人情弥巧，文而不惭。苟以其言取之，则车载鲁连，斗量王蠋。曰：是不然。世有知言者出焉，则其人之真伪，即以其意辨之，而卒莫能逃也。

也可惜他未能将这一"知言"的方法开示后人。《孝陵图》诗所说的"空山论掌故"，尚有待于今日之史家。

# 秦淮河

　　江南地区经济发达，商业繁荣，历史上自然形成江南文化的一个醒目特点，通俗一点说，即所谓六朝脂粉气。"秦淮河的水是碧阴阴的；看起来厚而不腻，或者是六朝金粉所凝成么？""灯光所以映她的浓姿，月华所以洗她的秀骨，以蓬腾的心焰跳舞她的盛年，以饧涩的眼波供养她的迟暮"——朱自清与俞平伯在桨声灯影里的秦淮河泛舟，也抵挡不住那箫管琴瑟、绮罗芬芳的诱惑，老实说出"纸薄的心旌，我的，尽无休息地跟着它们飘荡，以致于怦怦而内热"；"听着那悠然的间歇的桨声，谁能不被引入他的美梦中去呢？只愁梦太多了，这些大小船儿如何载得起呀？我们这时模模糊糊的谈着明末的秦淮河的艳迹，如《桃花扇》及《板桥杂记》里所载的……我们终于恍然秦淮河的船所以雅丽过于他处，而又有奇异的吸引力的，实在是许多历史的影像使然了"。

　　朱自清提到的《板桥杂记》，作者是明末清初人余怀，字澹心。这本书，三百多年来，一直流传于文学爱好者、文史专家的口中，确实已成为有关江南文化的"历史影像"的第一手材料。《板桥杂记·轶事》中提到写作的动机，说：

　　金陵都会之地，南曲靡丽之乡，纨茵浪子、潇洒词人，往来游戏，马如游龙，车相接也。其间风月楼台，尊罍丝管，以及娈童狎客，杂伎名优，献媚争妍，络绎奔赴。垂杨影外，片玉壶中，秋笛频吹，春莺乍啭，虽宋广平铁石心肠不能不为梅花作赋也。一声河满，人何以堪！归见梨涡，谁能遣此？然而流连忘返，醉饱无时，卿卿虽爱卿卿，一误岂容再误？遂而丧失平生之守，见斥礼法之士，岂非黑风之飘堕，碧海之迷津乎？余之编入斯编，虽曰传芳，实为垂戒。王右军云：后之览者，亦将有感于斯文。

　　结尾数语，听起来像是一般野史笔札小说习见的老调，有关风俗教化的劝戒。文辞的美丽，掩盖了他的真实动机。在"雅游"部分，他录引了钱牧斋的名诗《金陵杂题绝句》数首，作为六朝名都佳丽胜事的经典品题。诗云：

　　　　淡粉轻烟佳丽名，开天营建记都城。
　　　　而今也入烟花部，灯火樊楼似汴京。

　　　　一夜红笺许定情，十年南部早知名。
　　　　旧时小院湘帘下，犹记鹦哥唤客声。

　　　　惜别留欢恨马蹄，勾阑月白夜乌啼。
　　　　不知何与汪三事，趣我欢娱伴我归。

别样风怀另酒肠，伴他薄幸耐他狂。

天公要断烟花种，醉杀扬州萧伯梁。

余氏又接着写道：

以上皆伤今吊古感慨流连之作，可佐南曲谈资者，录之以当哀丝急管。黄涪翁云："解作江南断肠句，世间惟有贺方回。"倘遇旗亭歌者，不能不画壁也。

余氏的《板桥杂记》，我们都只当它是秦淮艳迹的野史谈丛，描述那"风流薮泽"的淡粉轻烟旧事，其实不然。他是借佳丽名都故事，说家国兴亡遗恨。这是另一种的美人芳草之思。

他的文章笔致温婉蕴藉，心事含藏于一唱三叹之中。譬如，他在记述了一个叫做张魁的箫官昔时的风流盛事之后回忆说：

庚寅辛卯之际，余游吴，寓周氏水阁，魁犹清晨来插瓶花，蓺炉香，洗斧片，拂拭琴几，位置衣桁如曩时。酒酣烛跋，说青溪旧事，不觉流涕。丁酉再过金陵，歌台舞榭，化为瓦砾之场。犹于破板桥边一吹洞箫。矮屋中一老姬启户出曰：此张魁官箫声也。为呜咽久之。及数年，卒以穷死。

又如，有一段关于钱牧斋的诗话：

> 丁继之扮张驴儿娘，张燕筑扮宾头庐，朱维章扮武大郎，皆妙绝一世。丁张二老，亦寿九十余。钱虞山《题三老图》诗，末句云："秦淮烟月经游处，华表归来白鹤知。"不胜黄公酒垆之叹。

又有一个名李三娘的平民女子，在乱世之中，流落江湖，遂为名妓。作者记述了她的身世与遭遇，尤其是李三娘"量洪善饮"的故事，结尾深致感叹：

> 嗟乎！俯仰岁月之间，诸君皆埋骨青山，美人亦栖身黄土，河山邈矣，能不悲哉！

余氏常常在此书中，借他人之酒杯，浇心中之块垒：

> 十七八女郎，歌杨柳岸晓风残月，若在曲中，则处处有之，时时有之。予作《忆江南》词云："江南好景本无多，只在晓风残月下。"思之只益伤神，见之不堪回首矣。

这教我们懂得，真正的江南断肠句、江南风景的点睛之处，绝不仅仅是绮丽风花之辞，原来包含着多少孤臣孽子的文化意味！

关于余澹心的身世，在《板桥杂记》中偶有交代。"丽品"中写道："余生万历末年……及入范大司马莲花幕中为平安书记者，乃在崇祯庚辛以后。"范大司马即范景文，崇祯年间，累官工部尚书，兼东阁大学士。京城陷落之时，很快传说崇祯死事。景文从容草写遗疏，然后赴井而死。这是一个刚烈方正的明室重臣。余澹心既能进入范氏的幕府，自然也应是同气相求的人物。陈田的《明诗纪事》选有余澹心诗，其中一首《送别剩上人还罗浮》云：

> 万里孤云反故关，一帆春草渡江湾。
> 几年浪迹干戈里，何处藏身瓢笠间。
> 愁听笳声吹白日，苦留诗卷伴青山。
> 罗浮此去非吾土，须把蓬茅手自删。

这首诗题中提到的剩上人，正是一位反清复明的义士。从诗中语气可见他们的关系极为密切，亦可见出余氏的身份。诗中如"何处藏身瓢笠间"，正是此类志士地下活动的真实写照。而"罗浮此去非吾土，须把蓬茅手自删"两句，则更是大江以南广泛存在的复明运动的明显证据。

《板桥杂记》与张宗子的《陶庵梦忆》一样，与其说是遗民忏悔文学，不如说是文化感伤文学。他们的共同处，即皆有一个文化的旧梦。无论是名花瑶草，湘帘绣幕，还是楼馆劫灰，湖山烟月，都是旧梦的一部分，其实是没有多少忏悔可言的。

正如余澹心在《板桥杂记》的序中所说："聊记见闻，用编汗简，效东京梦华之录，标崖公蚬斗之名，岂徒狭斜之是述，艳冶之是传也哉！"朱自清《桨声灯影里的秦淮河》的结尾写道："我们的梦醒了，我们知道就要上岸了；我们心里充满了幻灭的情思。"《板桥杂记》中"梦"的内容，比起朱自清们的所谓"幻灭"，不知要沉痛、真切多少倍！

# 千山剩人可和尚

余澹心的友人可和尚，曾在顺治三年两次来金陵，前一次差点丢命。这一传奇故事，说来话长。

可和尚本姓韩，名宗骐，字祖心，出家后，名函可，是广东惠州博罗海人。他的父亲韩日缵，万历丁未进士，历官礼部尚书，是明末重臣。函可生来聪颖异常，跟随父亲在南都时，来往皆名儒巨公，文采英发，声名倾动一时，海内名士，皆以不能结交函可为耻。他二十九岁出家，三十四岁遭国变，成为一个反清复明的和尚。传说他临死前，曾对身边弟子有一番问话：你们知道什么是祖师西来意么？众弟子没人敢答。他又说：想起我未出家前，曾刺佛经于手臂上，以报父亲。出家以后，慈母过世，我又脱掉袈裟，披麻带孝，哭葬母亲。我哪里是敢先后做事背谬以行怪，只是心里创巨痛深，所以不知其然而然也，这不知其然而然，就是祖师西来意。后来因为友人的缘故，从广东来到金陵，本想在灵谷寺住下去，谁知方外的人士十分忌讳，被捕后宽释，后又有沈阳之役，也是不知其然而然，正是祖师西来意。说完，他又给众僧徒出示一偈文：

发来一个剩人，死去一具臭骨。不费常住柴薪，又省行人挖窟。移向浑河波里赤骨律，只待水流石出。

言毕，即坐化。次日清晨，道颜如生。弟子浴洗其背而哭之，他双目忽张，泪流于面。可见他虽已闻法，而慈悲精猛之心，越转越深。明末这样的出家人很多，南朝四百八十寺，大都化而为儒家的昭穆祭祖之地。此剩道人可以说是其中的一个血性和尚。从文化气质角度讲，佛家思想中有一种固执、坚守，加强了儒家本有的刚健、精忠品质。我们理解"文化江南"，不能不通解此一脉儒佛合流的士人新意态。

函可之所以两次来金陵，与复明运动有关。第一次离开金陵赴广东，本想去开辟抗清根据地，因闽海东南一隅实为郑成功抗清的大本营。第二次，则是与郑成功的"奇兵浮海，直指金陵"的行动有关，也跟一项重要的间谍使命有关。他所以选择住在灵谷寺，因灵谷寺靠近明孝陵，可寓托家国之思的缘故。

第一次离开金陵时，他的行箧里藏有一本私史，名为《变纪》。是根据他自己的亲身经历，记述了明末死于国难的众多忠臣的事迹。当时清人已在江南实施全面戒严，函可出城门时，被守门的清兵盘问检查，发现《变纪》，立即被执送军中。负责此事的清兵将领巴山，十分怀疑他有同党，拷打数百次，函可只说：某一人自为。又用夹棍重刑，他也没有第二句话，只得发送大营候审。当时，函可脖颈上的铁锁链绕了三圈，两脚又重伤，"血淋没趾，屹立如山"，行走二十里山路，神色如平常。经过金陵城时，城中缁流平民，皆夹道相送，"观者皆惊顾咋指，叹为有道"。途中几次虚脱，幸有一位大士真人以甘露灌入函可口中，使其得生。又有一种传说，说函可关押在京师时，绝食七日，有一美丈夫手持甘露瓶注其口中，醒来后，他"神采益阳阳"。

函可一事，值此清廷密网血腥镇压江南士人的背景中，得以不死，与大汉奸洪承畴有关。据《清史稿·洪承畴传》，洪氏上疏言：函可乃故明尚书韩日缵之子，出家多年。去年（顺治三年）春自广东来江宁，是为印刷藏经之事。值大兵平江南，他久住未还。后来广东路通，他向我请牌回故里，我因韩日缵是我的会试房师，就发给他印牌放行。及城门盘验，经筒中发现《变纪》一书，干预时事。他不自行焚毁，自取其尤，与随行的其他僧徒无涉。我与函可有世交之谊，应避嫌，不敢定议。后来上旨传来，因洪承畴徇情私发印牌，应革职，念及他奉使江南，劳绩可嘉，遂宽宥之。据陈寅恪先生的推测，传说中函可系狱及械送京师途中，得蒙神力大士护持不死，其言甚诡异，所谓大士真人，大概是暗示与洪承畴有关的人暗中保全罢了。

函可临终前对弟子谈及第一次往金陵，"以友故出岭"，这个友人即是洪承畴。他的秘密使命，正是企图游说争取洪氏。而清兵将领巴山怀疑他有同党，严刑拷打，亦是同一缘故。洪氏暗中保全函可，乃深悉其中机缘。而清廷处理此事极为老练。顺治二年至顺治五年，洪氏为清廷安定江南各省，清人后来称之为"开清第一功"，因为从此之后，清人所需的钱粮，皆取之于江南，因而兵多饷足，征调如意。所以有人说，洪氏不来，江南不亡；江南不亡，则清人更不可能做统一中国之梦。为了争取洪氏，同时借洪氏以招降其他抗清名士，所以宽宥洪氏，并轻罪函可，正是深知其中的微妙之处。由此可见三百年前江南士人反清复明运动的复杂性质。

# 网角巾

陈寅恪先生说过：中国文化所谓华夷之别，实质不在血统，而在文化。而文化于日常人生最实在具体的标志，常常即是所谓衣冠文物。《左传》中表彰做了囚徒而始终不改南冠的钟仪；《论语》中赞叹使中国人免遭披发左衽命运的管仲；杜甫的"环佩空归月夜魂"，王安石的"可怜看尽汉宫衣"，皆以"衣冠文物"象征不忘故国的王昭君。乱刀之下，一个武士挥戈击断了子路头上的缨带，子路高声叫道："君子死，冠不免！"从容坐定，结缨正冠而死。"黄帝垂衣裳而天下治"的华夏文明就是这样的端端正正，由端正庄重而悠久广大。

明清之际，清人说"留发不留头"，汉人说"断发宁断首"。"衣冠文物"演出多少血雨腥风事。胡蕴玉《发史序》云："薙发令下，吾民族之不忍受辱而死者，不知凡几。幸而不死，则埋居土室，或遁迹深山，甚且削发披缁，其百折不回之气，腕可折，头可断，肉可脔，身可碎，白刃可蹈，鼎镬可赴，而此星星之发，必不可薙，其意岂在一发哉！盖不忍视上国之衣冠，沦于夷狄耳。"其中有一则关于衣饰旧制的小插曲，即网角巾故事。

网角巾是一种明朝人束发的头饰，由明太祖朱元璋亲定。

038

陈洪绶《闲
话宫事图》

周晖《续金陵琐事·万发皆齐》云：

> 太祖一夕微行至神乐观，见一道士结网巾。问曰："此何物耶？"对曰："此网巾也，用以裹之头上，万发皆齐矣。"次日，有旨召神乐观结网巾道士，命为道官，仍取其网巾，遂为定式。

康熙年间因私修《明史》而贾祸的戴名世，撰有《画网巾先生传》，略云：

> 画网巾先生者，不知何许人。服明衣冠，从二仆，匿迹光泽山寺中。守将吴镇掩捕之，送邵武，镇将池凤鸣讯之，不答。凤鸣伟其貌，为去其网巾，戒军中谨事之。先生既失网巾，盥栉毕，谓二仆曰："衣冠历代旧制，网巾则我太祖高皇帝创为之，即死，可忘明制乎？取笔墨来，为我画网巾额上。"画已，乃加冠。二仆亦交相画也。每晨起以为常。军中哗之，呼曰"画网巾"云……〔王之纲斩之〕挺然受刃于泰宁之杉津。泰人聚观之，所画网巾，犹斑斑在额上也。

徐鼒的《小腆纪传》第五十二卷转录了这一传记。《小腆纪年附考》第十七卷关于瞿式耜、张同敞在桂林不屈死节一条也记：同敞手出白网巾于怀，曰："服此以见先帝。"

陈寅恪先生研究钱谦益反清复明事，发现《投笔集》中有一条材料，记载当时投降的明朝官兵，常藏网巾于帽子中，随时准备倒戈反清。可见这一衣冠旧物具有十分普遍的影响和号召力，是清初光复故国的一个重要的文化符记。

顺治十四年，钱谦益往金陵从事结纳反清志士的秘密活动，住在顾与治家中，顾氏书房有牧斋小像一帧，钱谦益遂撰《自题小像四绝句》。第二首云：

> 苍颜白发是何人，试问陶家形影神。
> 揽镜端详聊自喜，莫应此老会分身？

这首诗窃喜自己分身有术，身虽降清，心向复明。如何证明他志在反清复明？接下来的第四首云：

> 褪粉蛛丝网角巾，每烦棕拂拭煤尘。
> 凌烟褒鄂知无分，留与书帷伴古人。

如果我们不知道网角巾的来历，就很难真切了解牧斋此时的心情，也不能明白他秘密结交复明志士的金陵之行。感谢陈寅恪先生破译今典的解诗艺术，不仅使我们了解钱牧斋这一复杂人物，而且使我们透过一个文化符记，看出中国文化的坚韧力量。

# 杨龙友

清顺治二年五月，清兵趁攻取扬州的胜利，举师抵长江北岸，与京口的守军杨龙友隔江相持。五月八日夜，清人编巨筏，置灯火，放之中流。杨龙友以为敌军渡江，遂命南岸守军发炮击之。船沉灯灭，龙友以为大获全胜，正奏捷报功，忽然，清兵乘着第二天清晨的大雾，以数百骑小舟潜渡长江，并袭取北固山。明兵仓皇列阵，哪里敌得过清军铁骑？全线溃败之后，南都亦很快灭亡，百官尽降，杨龙友奔往苏州。清廷命降臣黄家鼎往苏州招降。杨龙友杀降臣，奔处州。在第二年七月的一次战斗中，与孙临一同被捕，说降不屈，同时遇害。龙友虽不堪任战事，然终能守死尽忠，大节铮铮，不愧为烈丈夫。所以，陈寅恪先生特为他鸣冤平反。死节之事，龙友友人杨炤《岁丁未六月二十四日夜梦少司马杨龙友先生》诗之小序云：

> 建宁城陷，先生谓其郎官孙临曰："吾受国厚恩，此而不死，非人矣。子可速去。"临曰："如此好事，让公一家作耶？"先生被执，复索杨都督（杨龙友长子鼎卿），临曰："我杨都督也。"亦被害。

今天来看杨龙友（文骢）其人，真是一个被悲剧时代、被腐败政治糟蹋了的艺术天才。张岱的祖父视学贵州时，他曾考中乡试榜首，后来却一直不能得志，终因同乡马士英的关系，得以进入权力中心。可惜了他那诗、书、画三绝的才艺，只落得为权奸结纳私党所利用。他要是不站错了队，投错了人，就不会有那些洗不清的污点。然而他要是不站队、不投人，他的盖世才华也许根本就不为世知，他的书画作品连影子都不会流传下来。历史作弄人的同时，也成就了人。龙友依附马士英时，生活豪侈腐败，"耽声伎，一岁费常巨万"。然而，作为艺术家的才人，竟也能"须臾不忘故国，间关流离中，独阻兵固，屡抗六师，父子家人膏斧锧而不悔"（《黔诗纪略》），终算得一个小事糊涂、大节清楚的人。

董其昌《画禅室随笔》："龙友生于贵竹，独破天荒，所作《台》《荡》等图，有宋人之骨力去其结；有元人之风韵去其佻，出入惠崇、巨然之间，观止矣！"甲申之变后，龙友山水小幅，流落士人间颇不少，吉光片羽，往往为遗民诗人珍为故国文物，借以发沧海桑田之思，寓沉湘哀郢之恨。江南第一布衣诗人邢昉（字孟贞）《题杨日补所藏杨龙友〈云山图〉》云：

……图成价已等尺璧，摩挲涕下空潺湲。生前粉绘人争取，死后声名尤冠古。可怜埋骨竟茫茫，四海九州无寸土。忆昔为我一挥云山小屏幛，缥缈龙湫与雁宕。正与此图相颉颃，吞声想象一惆怅。

这里的《云山图》，即董其昌品题的《台》、《荡》图。而杨焴的那首诗的小序云：

> 岁丁未六月二十四日，夜梦少司马杨龙友先生入室，角巾素袍，颜色如平生。余跪而奉其手曰："不意此生复得见先生也！"失声一哭而觉，旋睡去。梦呈先生令永嘉时画赠先君子兰卷，曰："将持此作西台恸哭。"忽而觉，又复梦去，歌《载驰》之卒章曰："我行其野，芃芃其麦。控于大邦，谁因谁极？"歌未尽，而又觉，声琅琅犹在耳也。家人闻歌而哭，哭而歌，屡呼余问故，悲不能答，起而识之，复哭以诗。

那泣露啼烟、根苗无土的三两枝兰花，竟作成江南士人歌哭无端、颠倒梦幻的断肠草，龙友先生可以无憾矣。

# 葛　嫩

　　李贺《咏美人梳头》诗:"一编青丝云撒地,玉钗落处无声腻。"一个字都没有说美人的长发,可是随着那缓缓坠落的玉钗,便也凸显了一位长发委地的玉人。从《诗经》的时代起,女性的长发就是那样的绵密深长。"彼君子女,绸直如发。我不见兮,我心不悦"。说得真是诚恳朴实。心里老想着那有着丝绸般长发的女子,见不到她就总不开心。南朝的《子夜歌》:"宿昔不梳头,丝发披两肩。婉伸郎膝上,何处不可怜?"一个字都没有说女子的温馨婉顺,她的头发就使人晓得人体的温馨婉顺。《世说新语》中记,南康长公主要杀她丈夫的宠妾李势妹,"与数十婢拔白刃袭之。正值李梳头,发委藉地,肤色玉曜,不为动容,徐徐结发,敛手向主,神色闲正,辞甚凄惋,曰:'国破家亡,无心至此,今日若能见杀,乃是本怀!'"此时只听得"当啷"一声,南康长公主掷刀于地,向前抱住那李势妹,曰:"阿子,我见汝亦怜,何况老奴!"于是化干戈为玉帛,转暴戾为祥和。华夏文明历劫不坏,其中当有美的一份力量。

　　晚明的江南文化,强烈、热情,浓于生命光色。余怀《板桥杂记》中葛嫩与孙临的故事,最有生气、最活泼优美、最集中写出了那个时代生命精神的一种闪爆。文中说道:

葛嫩，字蕊芳。余与桐城孙克咸交最善。克咸名临，负文武才略，倚马千言立就，能开五石弓，善左右射。短小精悍，自号飞将军，欲投笔磨盾，封狼居胥。又别字武公。然好狭斜游，纵酒高歌，其天性也。先昵珠市妓王月，月为势家夺去，抑郁不自聊。与余闲坐李十娘家，十娘盛称葛嫩才艺无双，即往访之。阑入卧室，值嫩梳头，长发委地，双腕如藕，面色微黄，眉如远山，瞳人点漆。教请坐。克咸曰："此温柔乡也，吾老是乡矣。"是夕定情，一月不出，后竟纳之闲房。

孔子说过："人之生也直。"朱子临终时也说："天地生万化，圣人应万事，直而已矣。"晚明金陵的士女相逢，亦是一种天地间当下即是，纯直无曲的妩媚境界。"是夕定情，一月不出"，不也正是应了孔子所说："礼云礼云，玉帛云乎哉？乐云乐云，钟鼓云乎哉？"孙临、葛嫩的温柔之乡，正如那"一编青丝云撒地"的饱满酣畅、天理流行。余怀又接着写道：

甲申之变，移家云间。间道入闽，授监中丞杨文骢事。兵败被执，并缚嫩，主将欲犯之，嫩大骂，嚼舌碎，含血噀其面。将手刃之。克咸见嫩抗节死，乃大笑曰："孙三今日登仙矣！"亦被杀。中丞父子三人同日殉难。

孙克咸果真是英雄豪侠，首出庶物，体现了晚明历史中一脉刚正之气。我们顺着"移家云间"一句的线索，可以考知孙克咸与陈子龙的关系。陈子龙有《赠孙克咸》七古一首，王士禛曾有《肆雅堂诗集序》一文考证：

> 孙先生讳临，字克咸，更字武公。少司马晋季弟。少读书任侠，与里中方密之、周农父、钱饮光齐名。所为歌诗古文词，流传大江南北。崇祯末，流贼蹂楚豫，阑入蕲黄英蓼间，皆为战场，皖当其冲。先生渡江走金陵，益散家财，结纳奇才剑客，与云间陈大樽、夏瑗公、徐复庵三君厚善。大樽赠先生诗曰"孙郎磊落天下才"云云，著其事也。

又，据陈寅恪先生《柳如是别传》考证，河东君《戊寅草》中《赠友人》一首，"友人"亦是孙克咸。诗云："君言磊落无寻常，顾盼纵横人不知。当年颇是英雄才，至今猛气犹如斯……嗟哉凤凰今满野，有时不识如山鹞……伟人豪士不易得，伟人豪士不易得，得之何患非吾徒！"慨当以慷，引孙临为同调。孙临、葛嫩与杨龙友父子同时殉国难之事，《明史·杨文骢传》及陈田《明诗纪事》等皆记录具在，陈寅恪先生认为，可以纠正孔尚任《桃花扇》中流俗之传对于杨龙友其人的诬诋乖讹。

历来治思想史的人，多注重尽心、尽性、尽理的圣贤君子的理论观念形态一路，而历来治文学史的人，多注意尽才、尽情、尽气的诗人才士艺能之美的形态。其实，他们都忽略了才、情、气通于心、性、理。晚明大名士陈继儒说："语云：'天下有情人，尽解相思死。'世无真英雄，则不特不及情，亦不敢情也。"（《范牧之外传》）已将"重情"与英雄视为一事。葛嫩、孙临的故事，恰可做一真实典型，令后人钦敬、欣赏那个时代的生命情调。

# 李香君

　　"舞低杨柳楼中月，歌尽桃花扇底风。"大晏的这两句词，分明是一个词谶。自北宋至明末的笙歌曼舞，终于消歇，终于化而为香君的鲜血溅扇。"南朝兴亡，遂系之于桃花扇底"，为青楼歌伎文化，划上一个浓烈的感叹号。

　　汉辛延年《羽林郎》诗云："就我求清酒，丝绳提玉壶；就我求珍肴，金盘脍鲤鱼。贻我青铜镜，结我红罗裾。不惜红罗裂，何论轻贱躯。"李香君也是这样的古人古意。"哪知道这几件钗钏衣裙，原放不到我香君眼里。"眼看着那珠翠绮罗委地狼藉，慌得那小婢说："把好好的东西都丢一地，可惜，可惜！"唐诗云："蓬鬓荆钗世所稀，布裙犹是嫁时衣。""谁爱风流高格调，共怜时世俭梳妆。"香君也是这样的自高身份，"风标不学世时妆"。她唱道："布荆人，名自香。"在中国诗文的语汇里，华美的妆奁，绮丽的衣饰，往往意味着女性没有了她自己，做了别人的奴隶。而荆钗布裙，粗服乱头，自有不掩天生丽质的高贵。侯方域说："俺看香君天姿国色，摘了几朵珠翠，脱去一套绮罗，十分容貌，又添十分，更觉可爱。"香君自己浑然不觉，不过如古诗中所说的"远望凉风至，俯仰正衣服"而已。

　　阮大铖辈送给侯方域的重金妆奁，恰也是断送明朝江山的一个象征。桃花扇底，香风熏得天子醉，"秦淮十里水盈盈，夜半春帆送美人"；"凤纸签名唤乐工，南朝天子春心动"。马、阮之流，为达到他们封侯拜相、结党复仇之目的，手捧皇帝的诏令，将民间的青春美女，一群群硬选入宫，以取悦于弘光帝声色之好。于是李香君的揉花容、溅血面，也是一个象征，象征着那以生命为代价、殉人格的高贵气节。孔尚任《桃花扇·小识》说：

> 桃花扇何奇乎？其不奇而奇者，扇面之桃花也。桃花者，美人之血痕也。血痕者，守贞待字，碎首淋漓，不肯辱于权奸者也。权奸者，魏阉之余孽也。余孽者，进声色，罗货利，结党复仇，隳三百年之帝基者也。帝基不存，权奸安在？惟美人之血痕，扇面之桃花，啧啧在口，历历在目，此则事之不奇而奇，不必传而可传者也。

帝基、权奸代表政统，而桃花之血痕，代表人心之统，道义之统。当桃花只是香扇时，天姿国色的生命不在自己那里，只成为权奸帝王的恋物；当桃花变成点点血痕，天姿国色的生命便回到自己这里。香君的揉花溅血，临济宗说的"诸方为葬，我这里活埋"，恰如王夫之说的"七尺从天乞活埋"，天姿国色也从活埋庵中绝后复苏，点醒历史生命的茫茫沉醉。

侯方域千山万水，拿着桃花宫扇找到了香君。在栖霞山的灵山大会中，二人惊喜交集，忘记了身在清净道场，仿佛又回到儿女初情的温柔旧乡。道人张薇点出:"你看国在哪里? 家在哪里? 君在哪里? 父在哪里? 偏是这点花月情根割它不断么?"于是侯、李二人,双双携手入道。

我读明清之际的女性文学,常常感叹此时女子遁入道山,毁容自伤,甚而投江全节。花月情根,大都化而为鹃血蝶梦。而侯方域,其实是为了保全父亲性命而勉应乡试,像当时的许多名公巨卿那样,怀着痛苦忏悔的心情苟且偷生。"两朝应试侯公子,地下何颜见李香?"还是陈寅恪先生诗写得好:

是非谁定千秋史,哀乐终伤百岁身。
铁锁长江东注水,年年流泪送香尘。

# 董小宛之一

秋海棠花最无香气，然秋露凝结之时，其香内含，啜之芳美，俗名断肠草。其次，梅花、野蔷薇、丹桂、甘菊，都是制作香露的上品。此种香露，古人当作绝佳之饮品。清晨，董小宛起了个大早，十分小心地，将那初发花蕊之间的一点一点露水收拾起，渍于各色小瓮之中，酿之为花饴露蜜。月色昏黄之时，冒辟疆饮宴微醺之后，看着小宛手捧小案几，几上有数十小盏，五色浮动于白瓷之中。辟疆赏叹不绝，小宛笑得好看。

文火细烟，小鼎老泉，董小宛噘着嘴，一直吹得茶鼎中现出了那一片片蟹目鱼鳞。冒辟疆想起左思的《娇女诗》来，有一句分明说："吹嘘对鼎䥫"，于是说与小宛听，二人皆笑，于是静拭对尝，各自会心。

小宛常常细品各色名香。宫香性淫，沉水香俗，西洋香透骨。名香如名姝，也有诸种性情。沉香最为安静，点燃时，要以不见烟为佳。小宛的细心秀致，以及她亲手研制的香丸，都教冒辟疆后来追思感怀不已："历半夜，一香凝然，不焦不竭。郁勃氤氲，纯是糖结，热香间有梅英半舒，荷鹅黎蜜脾之气，静参鼻观，忆年来共恋此味此境，恒打晓钟，尚未着枕……我两人如在蕊珠众香深处，今人与香气俱散矣，安得返魂一粒，起于幽房局室中也。"读之凄然。

影梅庵主人有唐诗癖，于是效李易安、赵明诚故事，却烹茶而不赌典。每获一新籍，即与小宛于闺中共同校勘、整理、笺题。摩玩舒卷，指摘疵病。小宛阅诗无所不解，又时时能出慧解，尤好熟读《楚辞》、少陵、义山，以及王建、花蕊夫人、王珪三家宫词。"等身之书，周迥左右，午夜衾枕间，犹拥数十家唐书而卧"。小宛每读至书中事关闺阁女子之事，则另录一本，名曰《奁艳》，凡古代女子自簪发至鞋履，以及服食器具、亭台歌舞、草木虫鱼，稍涉有性情者，细大不捐，皆归之。小宛书法工秀，原先酷爱钟繇笔意，遍搜诸帖临摹，后阅其《戎辂表》，见内中称关帝君为贼将，遂废学钟，转而学《曹娥碑》，其真有洁癖、有性情之人也。

仲夏之夜，天街如水。小宛像小孩子那样轻扑流萤。小宛玩月甚妙，半榻小几，屡屡移动，以使四面周匝尽可领略月色之美，"午夜归阁，仍推窗延月于枕簟间，月去复卷幔倚窗而望"，情痴一至于斯。小宛说，白昼人气昏浊，而夜月之气静，碧海青天，冰清玉洁，与红尘迥隔不啻仙凡。她因此最喜李长吉"月漉漉，波烟玉"一句诗，每每反复吟诵之时，神情安静之极，声音也好听之极，辟疆看着看着，为之神驰，"日月之精神气韵光景，尽于斯矣。人以身入波烟玉世界之下，眼如横波，气如湘烟，体如白玉，人如月矣，月复似人，是一是二……"

陈洪绶《眷秋图》

音声远逝，梅魂不语；旧时月色，几番照来，人去庭空。香已散，茶已冷，海棠秋菊之花露早晞，唐诗宋词之手泽犹新，而影梅庵主之墓木已拱。辟疆老人，天下之伤心人也，撰成一部《忆语》，悼亡之书，忏悔之书，哀感顽艳，为江南文化心灵奏出一声绝唱！

# 董小宛之二

陈寅恪先生详考柳如是交游，也顺便考证了董小宛之事。陈先生有两点重要发明。

陈先生认为，冒辟疆人品不高，性格自私，对女性的态度，远不及钱牧斋。

我们看《影梅庵忆语》，可以发现，冒辟疆至少有三处对不起董小宛。

冒辟疆二十五岁金陵就试，与小宛曲栏相遇。小宛时十六岁，"香姿玉色，神韵天然，懒慢不交一语"，辟疆惊爱之。三年之后，又相逢于姑苏，小宛病，辟疆相守数日，后终别去。小宛凭楼凝睇，见舟将行，忽疾趋下楼，执意登舟相送，从浒关，经梁溪、毗陵、阳羡、澄江，抵镇江北固山。舟行二十七日，辟疆二十七辞。小宛登金山，指江为誓："妾此身如江水东下，断不复返吴门！"辟疆终于变脸拒绝，小宛掩面失声痛哭而别。其中一重要理由是：小宛在苏州的债家太多。这是他首次负情于小宛。

辟疆金陵考试之后，本应践约与小宛相会，这时恰值他父亲抵达江干，辟疆遂弃小宛之约于不顾，以养亲为由，随父亲舟行抵峦江。小宛一路追赶，在燕子矶遇风，几乎葬身江底。

辟疆见面之后，仍力劝她归回苏州。小宛痛哭，不肯返。辟疆明说：你债务太多，不是我一个人所能了断，你回去了却债务，我们的事情才可以谈。有人从苏州回来，告诉他说，小宛还是穿回去时那一身衣服，甘愿受冻而死。友人力劝辟疆，说他素称风义之士，不要辜负了这样一个好女子。辟疆回答说，他不能做黄衫押衙（指侠客）之事，坚不肯前去看望小宛。最后还是钱牧斋做了好事，亲往苏州，为小宛了却一切债务，才终于成全此一段情缘。这是辟疆第二次负情于小宛。

小宛嫁与辟疆后，相夫课子、幼姑长姊、侍上慈下，十分有礼，善体人意之极。然而甲申之变，冒家仓促逃难，途中拖累太重，在盐官城时，竟要将小宛委托一友人照管。后来还是辟疆父母舍不得割弃小宛，才将她留下。这是辟疆第三次有负于小宛。

《影梅庵忆语》是本好书。好就好在影梅庵主人不溢美，不隐恶，不仅真实忆录了闺阁琐屑的情事和小宛性格平凡中的光彩，而且真实袒露了自己做人的怯懦、自私、小气与负情。陈寅恪先生的裁断，是正确的。

小宛名声之大，主要是因为清初（顺治十七年）皇贵妃董鄂氏薨，顺治皇帝不仅辍朝五日，且追封董氏为皇后，全年停止审罪判狱，于是举国震惊，好事文人纷纷聚讼，揣测小宛即董鄂妃。此后，有清世祖为此事出家清凉山的传说，有《红楼梦》中的林黛玉即董小宛的考证等，成为"清初三大疑案"之一。而孟心史作《董小宛考》，力驳董鄂妃即董小宛之伪传。

　　陈寅恪先生也不信董鄂妃即董小宛，但他独辟蹊径，认为董小宛不一定没有入宫。他没有陷入迷雾般的考据解谜，只举出证据，共有三条。第一，吴梅村《题冒辟疆名姬董白小像》八首之八末二句云："欲吊薛涛怜梦断，墓门深更阻侯门。"吴梅村诗意，不是墓门比侯门深，而是相反。唐人崔郊诗"侯门一入深似海，从此萧郎是路人"，即吴诗所本。据此可知，即便小宛不是鄂妃，其命运也是遭北兵劫掠入宫。第二条证据是钱牧斋临终前写的《病榻消寒杂咏》之三十七，是为董小宛而作。其中有句云："吴殿金钗葬几回。"如果不是被北兵劫掠入宫，牧斋说的"葬几回"就讲不通了。钱牧斋与吴梅村都是冒辟疆最亲近的朋友，他们所传达的隐讳信息，可能最接近事情真相。最后一个证据是《影梅庵忆语》的结尾，辟疆叙述顺治七年三月的一天，他与诸友在外做诗，"不知何故，诗中咸有商音"。晚上做梦述家，"举室皆见，独不见姬。急询荆人，不答。复遍觅之，但见荆人背余下泪。余梦中大呼曰：'岂死耶？'一恸而醒"。辟疆很快返家，将此梦告诉小宛，"姬曰：'甚异，前于是夜梦数人强余去，匿之幸脱。其人犹犹不休也。'讵知梦真而诗谶咸来相告哉！"陈寅恪先生认为，辟疆在这里暗示小宛非真死，而是被劫去。我们细读"梦真"、"讵知"二词，不能不说寅恪先生的读解确实有道理。更令人深思的是，冒氏与董氏所共居之所，名水绘阁，名艳月楼，不知何时起改称为影梅庵？倘若是小宛不在之后所取名，则陈寅恪先生认为与姜白石《疏影》词有关：

　　昭君不惯胡沙远，但暗忆江南江北。想佩环、月夜归来，化作此花幽独。

　　则此一名花幽人，恰也跟王昭君的命运相同。寅恪先生的卓见，非常启人神思。钱仲联先生《梦苕庵诗话》中也否定鄂妃是小宛，然而他又有保留："但世祖出家一事，流俗相承，言之凿凿，末必全无所因。"这个"因"，他没有继续探索。现在，陈寅恪先生不仅讲明了这个因，而且讲得如此富于迷魅！

# 马湘兰

　　金陵名伎之中"有美一人，问姓则千金市燕之骏，托名则九畹湘江之草"——此人即清代著名骈文家汪中曾有名篇凭吊的马守真（号湘兰）。《列朝诗集小传》中称其"姿首如常人，而神情开涤"，这是一句很好的形容。"开"即明朗大方，"涤"即洒脱干净。守真不以色相擅胜，善画、巧辞之外，更多侠气、重然诺、轻钱刀，时时挥金以赠知己友人，时人称为当代红拂，更誉为"红妆之季布，翠袖之朱家"。

　　《红楼梦》第六十四回，林妹妹有感于古今有才色而命运可欣可羡、可悲可叹的女子，作《五美吟》，其第五首《红拂》云：

　　　　长揖雄谈态自殊，美人巨眼识穷途。
　　　　尸居馀气杨公幕，岂得羁縻女丈夫！

　　连药里关心、半生多疾的潇湘妃子，也欣羡那风尘穷途、拔助英雄的侠女红拂。可见古代女子心目之中，侠女红拂与神女洛妃、才女薛涛、痴女苏小、烈女绿珠、仙女莺莺等，皆同具一份高贵品位，同为素心向往的人格偶像。仔细想来，其实侠女的性格与痴女的性格颇不一样，恰也如神女的韵致与仙女的气质亦有不同。痴女多半化解不了情因孽缘，往往憔悴忧伤而死；侠女则磊落疏朗，从粘粘滞滞的香奁味中脱出，有放荡不羁的丈夫气。然而犹如太虚幻境即是真如福地，重然诺、轻生死，亦不失为儿女情长之极致。恰似马君湘兰善画的兰草，兼有婀娜偃仰的美感与幽人贞洁的气韵。在古代女子的理想人格那里，这些因素也都是圆融在一起的，譬如柳如是是也。

明代江南名伎，任侠颇成风气。我们欣赏柳如是的人格，同时也需了解她人格所熏染形成的时代女性风尚。《列朝诗集小传·闰集》是钱牧斋借柳如是之手编定，以《闰集》所记香奁中人为例：如金陵伎赵燕如，"性豪宕任侠，数致千金数散之"。后索性尽捐粉黛，与诸名士结为兄妹，平等往来。时人盛称她"不但平康美人，使其具须眉，当不在剧孟朱家下也"。另一金陵伎郝文珠，"貌不扬而多才艺，谈论风生，有侠士风"，名流诗人皆契慕之。又吴门名伎薛素素，"善弹走马，以女侠自命，置弹于小婢额上，弹去而婢不知……江湖侠少年，皆慕称'薛五'矣。少游燕中，与五陵年少挟弹出郊，连骑遨游，观者如堵"。薛素素的名声，甚而远播蛮夷，钱牧斋叹曰："北里名姬，至于倾动蛮夷，古所希有也！"这话也可能出自柳如是之口。独行三百里路，逃脱贪财卖女的父亲贾人之手，于大雪之夜，驾一叶扁舟，飞抵情人所在的呼文如；脱簪珥、卖卧褥以解救系狱情人的齐景云，皆是以诗才兼以侠义故事而名垂青史。而"明月在天，人定街寂，（羽素兰）令女侍胡奴装，跨骏骑，游行至夜分……天启七年九月中，夜漏三下，不知何人槃杀之"，则任侠过分，也为青楼放诞行为抹上一笔可怕的色彩。

马守真有一时期曾遭地痞墨祠郎纠缠窘苦，脱身不易。幸得万历年间吴门诗坛领袖王稺登（伯谷）出手解救。守真当年即欲委身于王，以报知遇之恩。王伯谷不愿做乘火打劫之人，便没有答应。伯谷七十大寿时，守贞自金陵往姑苏，"置酒为寿，燕饮累月，歌舞达旦，为金阊数十年盛事"。回来后不久即病逝，也不枉与伯谷侠义知己一场。

从前读汪容甫《经旧苑吊马守真文》，至"夫托身乐籍，少长风尘。人生实难，岂可责之以死？婉娈倚门之笑，绸缪鼓瑟之娱，谅非得已……天生此才，在于女子，百年千里，犹不可期，奈何钟美于斯，而摧辱至于斯极哉"，不禁为此女子之不幸深致同情。其实，汪容甫是借风流名姝之酒杯，浇落魄书生之块垒。马守真天性开朗大度，任侠重气，与汪容甫多病、压抑、"仆本恨人"的性格应有很大不同。只是他一生为人簪笔佣书，备尝人间艰辛，确是倡优同蓄、千古命命相怜！陈寅恪先生为乾隆时代绝代才华而憔悴忧伤以死、身名湮没达百余年的陈端生发覆探隐，深致同情，说："江都汪中者，有清中叶极负盛名之文士，而又与端生生值同时者也，作《吊马守真》文，以寓自伤之意，谓'荣期之乐，幸复为男'，今观端生之遭遇，容甫之言其在当日，信有征矣。"又说他自己："衰病流离，撰文授学，身虽同于赵庄负鼓之盲翁，事则等于广州弹弦之瞽女。荣启期之乐未解其何乐，汪容甫之幸亦不知其何幸也。"则是伤心人别有怀抱，索解人不易得也。

## 【附记】

王国维（字静安）先生同乡、海宁张光第为清末一大收藏家，金石墨本，庋藏甚富。1905年，静安先生辞江苏师范教职，回乡闲居半年，与张光第交甚厚。张曾出其所藏马湘兰兰石小幅。静安有《将理归装得马湘兰画幅喜而赋此》，收入《静安文集》。

# 杜于皇

钱牧斋《就医秦淮，寓丁家水阁绝句三十首》之十六云：

麦秀渐渐哭早春，五言丽句琢清新。
诗家轩冕今谁是，至竟《离骚》属楚人。

（自注：杜于皇近诗多五言今体。）

这是一首论诗绝句。杜于皇（名濬，号茶村），是明末遗民诗人中的佼佼者。诗中"麦秀"、"早春"双关遗民诗人的身份与做诗的地点（故都）、时间；"《离骚》"、"楚人"又双关杜于皇诗风、诗格及诗人的籍贯。陈寅恪《柳如是别传》中引这首诗，来证明钱谦益顺治十二年冬天至顺治十三年春天在金陵所交往的反清复明志士，挖掘他久留金陵的"不可告人的隐情"。

杜于皇于明亡之后长期隐居金陵。他的五言诗写得最好，思深力厚，一往情深而又苍朴沉郁，时人许为少陵嗣响、《离骚》遗风。吴梅村曾说："吾五言律诗，得茶村诗而始进。"阎百诗看不起时流，独许茶村五律，称为诗圣。杜于皇自己有一段论诗的话，最推崇的诗人却是陶渊明：

世所谓"真诗",不过篇无格套,语切人情耳。弟以为此佳诗,尚非真诗也。何也?人与诗犹为二物故也。古来佳诗不少,然其人要不可定于诗中,即诗与少陵,诗中之人亦仅有六七分可以想见。独有陶渊明片语脱口,便如自写小像,其人之恺弟风流,闲靖旷达,千载而上,如在目前。人即是诗,诗即是人,古人真诗,一人而已,可得多乎!(《与范仲闇书》)

陶诗正是这样奇妙,激昂慷慨的人喜欢他,平淡冲粹的人也喜欢他,以其真人真诗也。杜于皇楚人,最为人传诵的作品却不是他的五律,而是他的七言歌行《初闻灯船鼓吹歌》,写明季秦淮灯船盛况、河房胜事,奇花异鸟,触目纷来。前人将这首诗与白居易的《长恨歌》、《琵琶行》并称。黄濬《花随人圣庵摭忆》以为从这首诗可以考见明末社会风俗,他说:

其中所包含明末兴亡史迹及社会风尚,良不在少。此歌一腔悲愤,喷薄而出,词采有艳者,有犷者,尽为所掩矣。其言"旧都冠盖例无事,朝与花朝暮酒暮",此是正面描写废都人士心理之颓靡,耽于燕乐。梁溪洒、苏州箫管虎丘腔、太仓弦索昆山口、镇江红缨络、淮阳鼓,以及王伯谷鼓、马湘兰舞,及屠长卿、潘景升等等,皆掌故也。

张清标《楚天樵话》有《题〈灯船歌〉后》一首，云："煞尾声传感逝波，南朝往事已销磨。苍凉一掬兴衰泪，迸入渐渐《麦秀》歌。"

从诗史上看，中国文化遭受重大危机之际，总会出现一些长篇抒情歌行体诗，这成为一个传统。如白居易的《长恨歌》，吴梅村的《圆圆曲》《听女道士卞玉京弹琴歌》，以及王闿运的《圆明园词》、王国维的《颐和园词》，皆此类。

近人马一浮说，诗兴是人心从困境与麻木中的苏醒。"如迷忽觉，如梦忽醒，如仆者之起，如病者之苏，方是兴也。"（《复性书院讲录》）明遗民杜于皇正是这样看待诗的。他有《雨后观韩子诗集记》一文，将一场砰訇澎湃的连日淫雨，暗寓甲申之变后的时局与士人处境。他写道：

> 如属耳瞿塘，震惊不绝。雷霆狎暱，蛙蚓放肆，横流莫御，短垣尽撤。虽内外相望，而咫尺无路……窃计此生与韩子长当索处，沈霾昏垫，无复睹白日时。

雨停之后，出门观市，则"屠沽纷然，操作一新。然积雨之后，腥臕愈不可耐"。好在有友人韩圣秋诗集在："凡余两人之所以不终于沈霾昏垫者，其以是物乎？"正是有写诗的冲动在，生命才不永远陷入"沈霾昏垫"之中。他对于诗歌文学在生命中的作用，看得如此警醒深透！

杜于皇诗名极盛，异闻亦多。有人说他好诋诮俗人，仇家往往重价购其诗文稿，付之一焚。有人说他居金陵时，慕名而来者接踵而至，多谢绝不见。钱牧斋造访，他闭门不与通。陈寅恪先生列举证据，驳斥传说之违反事实，并指出原因在于牧斋为乾隆所深恶，而时人欲为杜于皇湔洗污点，而造此传言。最大的一个误解是有关杜于皇的一首有名的《龚宗伯座中赠优人扮虞姬绝句》：

> 年少当场秋思深，座中楚客最知音。
> 八千子弟封侯去，惟有虞兮不负心。

杜于皇这首诗流传极广，差不多已成为明遗民诗中知名度最大的作品。以优伶骂士人的人生戏剧性，借古讽今的准确性，以及诗思之伫兴而就等因素，都使这首诗成为不可多得的佳品。关于这首诗的本事，黄濬《花随人圣庵摭忆》说："相传牧斋宴客，杜茶村居上座，伶人爨演垓下之战，牧斋索诗，茶村援笔立书曰……牧斋为之怃然。"但杜于皇此诗题中，是"龚宗伯（鼎孳）"而非"钱宗伯（牧斋）"。龚鼎孳确实是做了汉奸，那么，杜于皇这首诗是不是讽刺龚氏呢？陈寅恪先生认为不可能。因为龚氏夫人顾媚做不了虞姬，龚鼎孳投降后，常对人说："我原欲死，奈小妾不肯何？"把责任全推给顾媚。其人品固不堪，但顾媚劝其夫不死一事，流传甚广，杜于皇不可能将她比为不负心的虞姬。陈寅恪先生认为："鄙意于皇盖以'虞姬'自比，'八千子弟'乃目其他楚人，如严正矩辈耳。"陈先生的这一说法，很可能使这首诗的价值大打折扣，因为一般读者都想看到一个敢于大胆指斥汉奸的杜于皇。但是历史的真相一定是要讲究的，在有限的材料下，只能做这样有限的推测。陈先生决不轻信史料，决不以讹传讹，宁可减损文学作品的流传价值，也要对笔记野史做认真的考证，持祛疑的态度。这一小例，正是明清史研究的典范。

# 顾与治

　　大致而言，明季江南士风兼有东汉与魏晋的特点，既重气，又重才，合发扬蹈厉的清流与文采风流的名士为一体。东汉士风之美，在于蹈义依仁、至死不悔的大节，也在于敦励名实、笃于人伦的日常人生行为。陈重暗中为友人还息钱而终身不言的史事，是十分有名的；"范张鸡黍"的故事，更是家喻户晓；那为千里赴葬号哭而来的素车白马，与那默默系于徐君家树的季札宝剑，都成为中国文化中友道之美的标志。

　　金陵顾梦游（字与治），可谓晚明最笃于友道的遗民之一。王晫《今世说》说他"任侠"、"恤死友"；卓尔堪《明遗民诗》说他"雅怀深致、敦友谊"；周亮工《顾与治诗序》称他"平生好义"，"生平以表扬文士为己任"；陈田《明诗纪事》明确赞他"有东汉人风"。兹录周亮工《顾与治诗序》所记掌故如下：

　　　　南州苏武子古文妙天下，中道夭折，予愧不能传其书。与治为之镌木，世乃知有武子之古文。武子虽才，得与治而名始彰也。北平司直有奇气，倾赀结客，至破其家，旅死秦淮，无一人轸恤者。与治亲为含敛，而梓其遗稿，俾海内得识司直，而仰其人不衰。剩公之及难也，祸且不测，与治左右之不稍避，卒与之俱全。剩公既寂，复崼其《辽左杂咏》存之，今世犹有读剩公诗者，与治力也。宋比玉之殁，与治既辑其遗稿，怂恿李侍御少文为梓行，复走虞山乞钱宗伯为墓表。少文方按闽，与治属少文镌于墓侧。会少文得代，遂不果。越十余年，予厕闽臬，过金陵，与治又谆谆于属予。予令其族孙祖谦勒石，归以石刻示，与治喜动眉睫，若重负方释者。费考功笔山，家在石阡，罢官后无所归。与治分宅居之，殁即葬于顾氏先茔旁，岁时祭献酹酒，必渍笔山墓草也。笔山归为福清令，刻稿多在闽，颇散失。予入闽时，与治托其嗣弦圃从余行，尽收其旧刻若干，行于世，予为赋长歌以志之。其平生好义，务不朽其亡友类如此。

在这段文字中，"剩公"即千山剩人函可和尚。据陈寅恪先生《柳如是别传》考证，剩公从广东到金陵，正是住在顾与治家中。后来，钱牧斋因黄毓琪案被捕入狱，顾氏亦是参与营救疏通的人物之一。顾与治晚年多病，贫穷而死，且无后人。施愚山整理梓行了顾氏遗稿。钱牧斋《有学集》卷四十九《顾与治遗稿题辞》略云：

> 金陵乱后，与治与剩和尚生死周旋，白刃交颈，人鬼呼吸，无变色，无悔词。予以此心重与治。片言定交，轻死重气，虽古侠烈士无以过也……嗟乎！与治以老书生盖

棺，瓦灯败帏，委缫无后。愚山惠顾风雅，嘘枯而然死，若此其汲汲也。愚山之于与治，犹与治之于比玉，尹、班之永夕，范、张之下泉，气类相感，可以征天道焉。风尘渢洞，士生其时，蒙头过身而已。渺然孤生，党军持而抗服匿。读与治诗，九原犹有生气，存与治之诗，所以存与治也。知愚山存与治之义，士之自立而悲于无徒，与夫慕义而惧于湮没者，可以慨然而兴起矣。

　　牧斋在这里表彰了顾与治、施愚山的友道故事。与东汉士风不同的是，明季增加了一个"以诗存人"的新传统。所以我说明代士风兼有魏晋的文采风流，只不过，文采风流的背后，是道德心、文化心。陈寅恪先生解释"党军持而抗服匿"一句说："军持（梵语谓僧人随身所带的净瓶）比函可，服匿比本是汉族，而为清室所用者。"（典出《汉书·苏武传》）正是细心抉发出顾与治的心志隐微处。

# 阎古古

肖一山《清代通史》第六篇《康雍时代之武功及政教》第三十章《排满之思想与运动·总论》写道：

> 清以夷酋入主，威行专制，明室遗民，不惟抱亡国破家之痛，更具有光复中兴之心。盖以种族不同之故，本于"中国者，中国人之中国也，胡人焉得而治理之？"及"中国居内以制夷狄，未闻以夷狄居中国而治"（语见明太祖讨元之檄文）之思想，故有志之士，无不以"反清复明"为职责，奔走呼号，前仆后继。如朱舜水奔走海外，乞师未遂，宁愿"捐弃坟墓妻子"，亦不与异族同中国。顾亭林五谒孝陵，十余年策马往来边塞，开垦华阴，又与傅青主创设山西票号。阎古古漫游江淮间，破万金之资，招纳豪杰。有"一驴亡命三千里，四海无家二十年"之句。皆白衣峨冠，高风劲节，欲为国家报仇，为革命活动……民族主义之宣传，亦已根生种播于此时矣。

这段话中提到的江南人阎尔梅（号古古），实是一个诗人豪杰，不愧与顾、朱、傅等同列明代遗民诗人的第一线人物。

阎古古其人，特别富于生命强度，有精彩、有声光，整个人都显大气。他的诗是太白遗风，豪宕放言，又比太白更多思想锐气。传诵的名句，如"英雄原不羞贫贱，歌舞何曾损帝王"，"漫骂亦看何等客，腐儒原是使人轻"。咏汉高祖，纯是任气。"门罗将相文中子，例变《春秋》太史公。"前一句说文中子王通之学脉化而为贞观之治的名臣如魏徵等，后一句说太史公论大道则先黄老而后六经，序游侠则退处士而进奸雄，是非颇谬于圣人。诗如其人，表现出他明达有力的才、情、气。他最好的诗远比太白的沉潜厚重，纯以史事隶之，如《惜扬州》等，允为明季诗史。

古古不是一般诗人，他为复社魁首，与张溥、张采齐名；又曾入史可法幕中，屡屡以奇计说史阁部。先是劝史可法西征，夺取河南，可法不听，又劝以渡黄河北征，攻占山东，亦不听。史可法惟退保扬州，因为他左右所用之人，家眷悉在江南之故。终于扬州城破。古古自此散家财万金，结纳豪杰，出生入死从事抗清义举。他所辗转流徙的地方之多，时间之久，超过了顾炎武、魏禧等人。

古古在顺治、康熙年间，两次被捕下狱，第一次还曾惊动了三省总督，九死一生，被株连者数十百家。但是他的号召力大，声望高，当时人将他比为东汉时慨然有澄清天下之志的范滂，争相依附拥戴。第二次下狱前，妻妾预先自杀，先人墓茔预先自平。后因当时的刑部尚书龚鼎孳与他有旧交情，为之疏通，遂得以免死。据黄宗羲说，第二次是因诗祸被逮。读古古诗，如"扫除胡种落，光复汉威仪"，"楚衰未必无三户，夏复由来起一成。日月有时经晦蚀，乾坤何旦不皇明"。确实是够大胆露骨的。但邓之诚说他先让妻妾自杀，又自平祖坟，可见狱情紧急，不尽由于诗祸（《清诗纪事初编》）。

古古曾多番被友人劝降。他的好友陈名夏曾差人到阎氏寓所，劝他参加清廷会试，许以会元相赠。古古答诗云："绝无世上弹冠想，徒有年来却聘书。""谁无生死终难避，各有行藏两不如。"可见他寓理于气，尽心、尽理、尽伦、尽义，将道德原则把持得很牢。

顺治、康熙皇帝之所以不杀阎古古，是因为他名气太大，而两帝基本上对江南士人采取至少是表面上的"怀柔政策"，"朕终不以诗文罪人"，康熙亲自处理古古一案，事见朱庭珍《筱园诗话》。

胡小石先生有《书阎古古集》诗，云：

> 子房匿下邳，义风震西楚。九死刑天志，明亡复见汝。蓄士万黄金，收泪谒军府。长策公竟弃，吾属今为虏。河水不能西，榆园凋劲羽。谁可杀文山？留命亦何补。缁衣走关陇，落日泪无所，荡胸风云气，洒墨倘一吐。迢迢燕子楼，下招芳魂语。国亡士夫贵，百男不如女。能知关盼盼，惟有阎古古。

钱仲联《近代诗钞》说："值得注意的是，胡光炜（小石）尽管毕其生从事教育事业，但他对国家、民族的兴亡，还是十分关注的。在他的诗歌中也表现了他的这种情思。"小石先生这首诗，可以算是阎古古精神在三百年后的一个回响。

# 陈名夏

　　阎古古恃才傲物，虽交游极广，而从不轻许人。然而，崇祯壬午年（1642年），他在苏州虎丘与陈名夏初次相识，遂惊其才华，预言必高中科举榜首。果然，第二年陈名夏即以会元榜眼及第。陈名夏心里也一直以阎古古为知己。甲申之变后，格局大变，士人生存境况歧途多端。这两个朋友，一个入了清人的内阁，一个成了流浪的义士，于是前途命运庶几云泥之别。然而陈名夏依然不忘旧友。有一天，陈名夏忽然派遣一名亲信，来到阎古古在京都的寓所，对他说，如肯参加会试，保证以会元相赠。古古笑而不答。使者再三敦请给一个明确的回复，古古让使者伸出手掌，在上面写了一个大大的"吓"字，说：这就是我的回复。当初庄子对惠子说：鹓鶵发于南海而飞于北海，非梧桐不止，非练实不食，非醴泉不饮。于是猫头鹰得一只腐鼠，鹓鶵正好从天上飞过，那猫头鹰仰而视之曰："吓"！今天先生想拿你的梁国来吓我么？陈名夏得到这个答复，再也不敢去见古古了。这件事见褚人获的《坚瓠补集》。

　　陈名夏这个人，性格比阎古古复杂得多。他做清朝的官，做到吏部尚书、太子太保，陈寅恪先生却并不认为他是汉奸。了解陈名夏这个人，对于了解三百年前的历史人心，无疑是一个更加深曲的观察角度。

中了进士之后，陈名夏官明朝的翰林修撰，兼户兵二科都给事中。福王时，他曾一度投降依附李自成，被定为逆贼。清顺治二年，陈名夏抵山东向清廷投降，由保定巡抚王文奎的疏荐，做了清廷的吏部左侍郎，不久升为吏部尚书。但是名夏的仕途并不一帆风顺，几番因祸论死，虽侥幸脱免，终被处以绞刑，成了一个既非清廷忠臣，又非明室孽子，既可哀复可叹的畸人。

名夏第一次论死，是因多尔衮政变的牵连。名夏与多尔衮的死党、吏部尚书谭泰是密友。多尔衮事败，谭泰以罪伏诛。名夏被定罪为"徇私植党，揣摩执政意旨，越格滥用匪人，以迎合固宠"。清廷的亲王大臣来调查他的罪状，名夏一开始"厉声强辩"，到后来理屈词穷，便涕泪交颐，哭诉自己投诚有功，恳求免死，活现一副小人乞儿相。所以顺治皇帝下谕说："此辗转矫诈之小人也，罪实难逃。"只是顺治帝说过赦免所有谭泰亲信的话，不愿食言，名夏遂免一死。

又有一次皇上有旨，召群臣于刑部议事，名夏因"巧饰欺蒙"，又被论死，后来从宽发落，改为削官二级，罚俸一年，仍供原职。名夏为什么要为一个名为任珍的人洗脱罪责，《清史稿》语焉不详。但从此事可看出，陈名夏这个人胆子大，不是个唯唯诺诺之辈。

陈名夏终于在劫难逃。大学士宁完我罗列了他的数款罪状，上奏皇帝。其中一条是"言论罪"。宁完我写道："（名夏）尝谓臣曰：'要天下太平，只依我两事。'臣问：'何事？'名夏推帽摩其首云：'留发，复衣冠，天下即太平。'臣思为治之要，惟法度严明，则民心悦服。名夏必欲宽衣博带，其情叵测。"奏书上去，皇帝召集廷臣，当面与名夏勘定实情。奇怪的是，名夏对于其他罪状，一一驳辩，而对于"留发，复衣冠"一条，则供认不讳。陈寅恪先生在《柳如是别传》中很感慨地说：

> 夫百史（名夏）辩宁完我所诘各款皆虚，独于最无物证，可以脱免之有关复明制度之一款，则认为真实。是其志在复明，欲以此心告诸天下后世，殊可哀矣。

盖棺论定，陈名夏依然是一个志在反清复明的奇士。所以，《清史稿》最终将他放到《贰臣传》中去写。杨钟羲《雪桥诗话》续集卷一云："《梅村诗集》卷十七《伍员》七绝，感溧阳陈名夏之事而作。"《伍员》诗云：

> 投金濑畔敢安居，覆楚奔吴数上书。
> 手把蜀镂思往事，九原归去愧包胥。

这是说，陈名夏早期是伍子胥，后期是申包胥。二胥相逢，"自当把臂而笑"。吴梅村也透过陈名夏写自己。钱牧斋《金陵杂题》第二十三首：

> 被发何人夜叫天，亡羊臧谷更堪怜。

长髯街口填黄土，肯施维摩结净缘？

牧斋在诗中，以《左传》中数次免死而终遭杀戮的浑良夫比喻陈名夏，又说他有志不成，抱恨而没，不如自己老归空门。这也是对陈名夏的定评。

由此看来，阎古古对陈名夏的称许并没有错。这个人是身在曹营心在汉，是清初朝廷中伪装最久、做官最大的明朝"间谍"。江南文化的深不可测，正由这一类人体现出来。

读这样的文字，更可知西湖的环水抱山，真是面面都有情味。

武林诗笺

# 西泠的杨柳

柳如是崇祯十二年游西湖，有《西泠》七律十首。第一首云：

> 西泠月照紫兰丛，杨柳丝多待好风。
> 小苑有香皆冉冉，新花无梦不濛濛。
> 金吹油壁朝来见，玉作灵衣夜半逢。
> 一树红梨更惆怅，分明遮向画楼中。

这首诗的题旨很清楚，是写对于爱情的向往。而最能引人入胜的地方，是用一种又矜持又热烈的语气、又企盼又寂寞的心情，表达出内心的向往。

六朝时的苏小小，是柳如是游西湖时最容易联想到的一个人。苏小小早已化而为西湖边的残星冷月，所以，柳如是诗第一句的"西泠月照紫兰丛"，就用了李商隐的"苏小小坟今在否，紫兰香径与招魂"（《汴上送李郢之苏州》），暗示香魂重来，接引下句的"丝（思）多"、"待好风"的憧憬。"杨"、"柳"二字，因藏有柳如是的前后姓氏，而融入了漫长孤寂的身世之感。

西湖是自古以来名媛佳丽、名士才子相遇的地方。对于一

苏小小墓

个渴望知音的风尘女子，这里应有一些机会。柳如是很敏感，也很节制。她将这样一种期待的感受，表达得如同一个深闺女子的绮梦。

在梦中，那"妾乘油壁车，郎骑青骢马"的女子，那"灵衣兮被被，玉佩兮陆离"的神人，就翩然而来，撩人遐思了。柳如是的这两句诗，可以注意的是，所着的色彩非常热烈。苏小小的纯情口吻、大司命的灵幻体验，自然是热烈的；而朝与夜的对偶，将时间的节奏弄得又明快又稠密，也是热烈的。

可是，我们读到这最末两句，又发现柳如是终于想把自己隐藏起来，这是不是故作清高？"红梨"，用李义山的诗意，是"女校书"的代语，指柳如是自己；而"遮向画楼中"，即遮隐于画楼之中，不想让俗人窥见。"紫兰丛"，陈寅恪说："'丛'者，多数之义，指诸名媛言。与下文'一树'之指己身言者，相对为文。"又说："河东君此诗自言其所以不同于西湖当时诸名媛者，乃在潜隐一端。其改名为'隐'，取义实在于是。"陈先生还考证出"画楼"是指柳如是的《尺牍》第一通所谓"桂栋药房"，即汪然明的横山别墅，亦即牧斋诗中的"汪氏书楼"。这样，柳如是想隐藏自己的心情，我们就可以看得更真切了。

柳如是不是故作清高。她这番西湖之游，初衷本是"择婿人海"，可结果却十分令人失望，得到的分明是一分"更惆怅"的心情。这首诗，虽然将她的心情变化印迹写得很清晰，却令人猜不透她为什么会有这种变化。诗歌是只写心情，不写事情的。

知己的渴想，命缘的绾合，心灵的相托，都是像梦一样空幻渺然。要不是陈寅恪将诗歌背后的事情发掘出来，我们差点将柳如是的"隐"看作一种伪饰。当时在西子湖畔，追求柳如是很投入的人中有一个叫谢象三的老诗人。谢有《竹枝词》云：

钱塘门外是西湖，湖上风光记得无？
侬在画船牵绣幕，郎乘油壁度平芜。（一）

携手长堤明月中，红楼多在段桥东。
当年歌舞今安在？魂断西泠一笛风。（三）

细雨微风度柳洲，柳丝袅袅入西楼。
春光莫更相撩拨，心在湖中那一舟。（四）

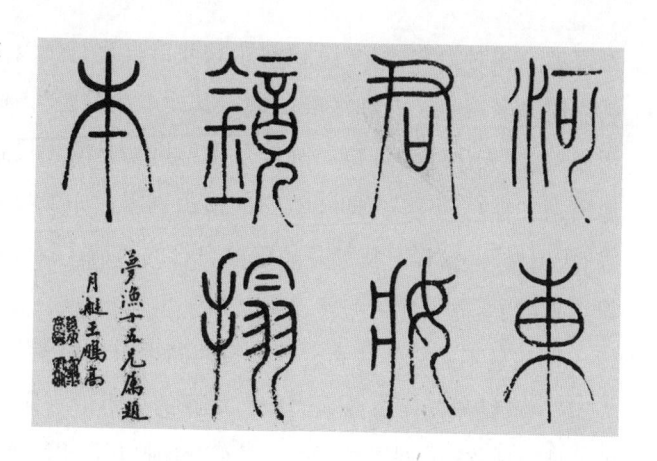

河东君妆
镜拓本

从诗中"携手"、"西楼"等语看，谢与柳曾一度有往来。所以谢象三一直到迟暮之年，依然眷眷不忘。有《西泠桥》一诗：

堤花零落旧山青，楚雨巫云付杳冥。
二十年来成一梦，春风吹泪过西泠。

无论是谁，读到这样深情婉转的诗，都会同情这位单相思的老诗人的。

可是柳如是不喜欢他，这是勉强不来的。柳如是在当时给汪然明的《尺牍》中，也透露了对老诗人纠缠的极度厌恶。我们不知道为什么柳如是这样讨厌他，但是，陈寅恪考证出，有一次，钱牧斋正急用钱，就将自己最珍视的古籍——宋版《汉书》出手。而作为朋友的谢象三，却乘人之危，以大大低于原价的价钱，赚取了牧斋的这部书。牧斋急用钱的目的，乃是为柳如是修一座绛云楼。谢象三这么做，就有点挟嫌报复的味道，如陈先生所斥"人品卑劣"，心胸极为狭隘。柳如是放诞洒脱的一个人，肯定看他不上眼的。那么，柳如是西湖择婿的梦，也许正是由谢象三一类人打破的。

河东君柳如是将择婿一事，一开始就想得太简单了。可是她又是那样的自爱，所以才会有无尽的惆怅、无尽的无奈；所以才会有"遮向画楼中"的寂寞。然而，正因为有了这一寂寞，才又显出她卑微身世中抹不去的高贵。

李义山《无题》："斑骓只系垂杨岸，何处西南待好风？"好风，是永远也没有谁看得见的。好风的样子，就只是杨柳轻扬的样子。

## 【附记】

（祖望）年十四补鄞县弟子员，谒学官至乡贤名宦褚祠，见谢三宾、张国俊立，曰："此反复卖主之乱贼，奈何汙宫墙！"碎其主，投诸频池（刘光汉《全祖望传》，《全祖望集》第2726页）。

袁行云《清人诗集叙录·一笑堂诗集四卷》："（谢三宾）与谦益争妓柳是，遂成仇。鲁王监国，鄞县陆宇爆等起事抗清，三宾通款于新朝，欲杀宇爆，以为进取之路，事未成，然所杀同乡正士甚多。清廷薄其为人，未用……所撰《一笑堂诗集》，世间仅存一二帙，以人品太秽，向不为藏书家珍视。"陈寅恪写柳如是与谢象三的关系，深意正是贬斥势利，尊崇气节，着眼于乱世人生中的道德人品。谢正是陈寅恪重笔贬斥的一个明清之际的历史人物。"正是深情白娘子，最知人类负心多。"陈寅恪之痛深矣！

# 桃花得气美人中

杭州的西湖边上，应有一片桃花林子。三百年前，一个暮春的早晨，柳如是穿过这片落英缤纷的桃林，吟成了一首小诗：

垂杨小苑绣帘东，莺阁残枝蝶趁风。

最是西陵寒食路，桃花得气美人中。

这首绝句写得真好，尤其是最末一句，曾流传一时。但在钱曾笺注的《有学集》中，却故意隐瞒了这首诗的作者，只说"西泠佳句，为（程）孟阳所吟赏"。为什么说这一句诗好呢？请想一想：在暮春时节的西子湖畔，桃花已经快要凋残了，这时，忽然走来一位风流放诞、神光奕奕的女子，一下子将那奄奄欲死的桃花全都照回过神来，全都救活转来了！我们常常听说，人可以在大自然中采气、得气，但从未听见有人这样说：大自然也居然可以在人身上采气、得气。那么，说这话的人，该是何等地自负！所以，作为不轻许人的文坛领袖钱谦益，也会多次向他的朋友称赞说："近日西陵夸柳隐，桃花得气美人中。""杨柳长条人绰约，桃花得气句玲珑。"将作者的名与姓，也藏在夸赞的诗句中传出去了。

柳如是像，程庭鹭绘

　　只是，牧斋老人并没有真正读懂这首小诗。

　　佳诗的妙处，正在这种地方。"最是西陵寒食路"，即使我们知道了"西陵"是指苏小小的歌词"何处结同心，西陵松柏下"的那个西陵，即使我们也知道了"寒食"是指崔护与那个桃花树下的女孩子相遇的那个寒食，总之与男女情爱相关，我们也很难肯定，"最是"二字的潜在情感，究竟是最使人难忘、最令人伤心、最教人动情、最让人销魂；或者就简单的是——最使人高兴。

　　我们不要简单地把这首小诗当作一般的抒情诗。这里面包含着不为人知的极为个人化的心灵秘密。崇祯十二年，柳如是二十二岁，本不该有暮春之感。她虽然陪钱牧斋去西湖游玩，可是，她的心却仍然在陈子龙那里。所以，小诗的第二句"残枝"，虽指的是暮春的光景，却也是情感的体验，表明昔日的桃花，正在心头凋残，那一份永结同心的希企，正变成一个渺然无痕的春梦。而"桃花得气美人中"的良辰美景，只是掩盖了那"人面不知何处去"的怆恻往事而已。

我们这样读，还没有透彻理解这首小诗，还没有能真正懂得那个桃花树下女子的心情。

陈寅恪先生在他的名著《柳如是别传》中，破译了这首小诗的秘密。

陈先生发现，陈子龙的《寒食》七绝三首，是理解这首小诗的钥匙。其诗有句云："应有江南寒食路，美人芳草一行归。""垂杨小院倚花开，铃阁沉沉人未来。"这里的"寒食路"、"美人"、"垂杨小院"、"铃阁"，都化而为柳如是的追忆、想象，化而为她的营造情感的诗歌意境。陈先生说：

> 河东君之诗作于崇祯十二年春，距卧子（陈子龙）作诗时虽已五年，而犹眷念不忘卧子如此，斯甚可玩味者。牧斋深赏河东君此诗，恐当时亦尚未注意卧子之原作……后人复称道河东君此诗，自更不能知其所从来。故特为拈出之，视作情史文坛中一重公案可也。

原来，柳如是的这首小诗，乃是一套情感密码。只有读了陈子龙的诗，才能破解其中所有的追思忆念、所有的伤感郁结。那个垂杨小院，那个铃阁，那寒食路，都是很具体、很真实的所在，都包含着一段不想人知、不必为他人道的铭心刻骨的情事。

这一段情事，正是指陈子龙与柳如是于崇祯八年春，在松江南楼短暂的同居生活。

"最是西陵寒食路"的"最是"，准确的解释是：最难忘生命中那一段如花绽放的过去时光。

这回我们懂得了，真正的情诗，原本隐藏着天知地知、你知我知的秘密，原本是不该由第三人分享的。我们由这样的诗、这样的文字，猝然触及了语言与文学最原始的品质，神秘，天与地。

然而毕竟我们分享了秘密。陈寅恪先生的神思真厉害，他泄露了天机。

# 西湖的鹃声雨梦

崇祯十二年秋天，柳如是住西湖横山别墅，致汪然明《尺牍》第七通云：

> 鹃声雨梦，遂若与先生为隔世游矣。至归途黯瑟，惟有轻浪萍花与断魂杨柳耳。回想先生种种深情，应如铜台高揭，汉水西流，岂止桃花千尺也。但离别微茫，非若麻姑方平，则为刘阮重来耳。秋间之约，尚怀渺渺，所望于先生维持之矣。便羽即当续及。昔人相思字每付之断鸿声里。弟于先生，亦正如是。书次惘然。

读这样的文字，仿佛于烟水绿杨深处，听取晚春之际数声莺啼；仿佛于藕花香风入座处，看得中夜时分明月满湖。这是西湖中极佳的风景，湖光山色中极佳的松声风气与晨光夕雨。读这样的文字，更可知西湖的环水抱山，真是面面都有情味。

这是八百里湖山与数千年才有的女才子的灵性相遇。

"鹃声雨梦"四字，便已说尽了西湖以及与西湖灵性相遇的一切好处。那样一份让人勾连留恋的春心，那样春山缥缈、桃源无路的梦思。李义山诗句："一春梦雨常飘瓦"、"望帝春心托

小万柳堂

杜鹃"，何等的深情缱绻，而柳如是才四字，就写尽了此两句诗的好处。

此时的柳如是，身世飘零，无依无靠，心里充满朦胧的渴想。她用"轻浪萍花"与"断魂杨柳"这两种归途中所见的西湖风物，表达她的飘泊与迟暮之感，最为恰当不过了。

这一帧小笺，如一首小诗，将忧伤与苦闷，化而为文思清妙的美丽。犹如一幅往昔名媛闺秀手中遗留下来的零缣断锦，让人珍爱不已。举一个例子，来看才女织锦般的文思：

柳如是为什么要用"铜台高揭，汉水西流"这样重的语气来比拟汪然明的"种种深情"？这里的"铜台"，不是曹操遗令中那分香卖履的铜雀台，柳如是也不是自比铜雀台妓。这里的"铜台"，指汉建章宫祀仙人处那"上有铜仙舒掌捧铜，承云表之露"的铜台，用以比拟汪然明的"云天高义"。铜台作为知己的比喻，柳如是语有所本。袁郊《甘泽谣》：

> 既出魏城西门，将行二百里，见铜台高揭，而漳水东
> 注，晨飚动野，斜月在林，忧往喜还，顿忘于行役，感知
> 酬德，聊副于心期。

柳如是在《尺牍》中为何改"漳水"为"汉水"，改"东注"为"西流"？陈寅恪先生认为，杜甫《同诸公登慈恩寺塔》诗有"河汉声西流"句，为柳如是铸语所本。这样，柳如是将地上的漳河，改而为天上的银河，亦是用来指那比"桃花千尺"更深、更大的"云天高义"。至于改"东注"而为"西流"，则是为了音律上的协调。

钱牧斋后来写的《许夫人啸雪庵诗序》："漳水东流，铜台高揭，洛妃乘雾，羡翠袖之英雄；妓女望陵，吊黄须于冥莫。"也是改"注"为"流"，以协调声律。陈寅老引白居易诗"近被老元偷格律"，挖苦说："牧斋殆可谓偷'香'窃'艳'者耶？"

此时的河东君柳如是，仍在茫茫人海之中苦觅知己。她之所以深感汪然明的云天高义，正是汪氏理解她、同情她的身世飘零之苦，关心她的人海择婿之情。柳如是《尺牍》第五通云：

> 嵇叔夜有言："人之相知，贵济其天性。"弟读此语，
> 未尝不再三叹也。今以观先生之于弟，得无其信然乎？

这是人生最值得珍重的友情。我常感到,中晚明以还,重情的文学思潮对于人的性灵情感的开掘是相当深细的。对于每一个独特的生命天性的珍爱、呵护与扶持,正是其中一项重要内容;而此一内容,在明清女性文学中,又表现得特为优美、特为充分。所以,柳如是会向汪然明说出这样的话:"非若麻姑方平,则为刘阮重来耳。"她字面上的意思是说:如果不是像仙女与王方平那样的一起升天,则就像刘晨、阮肇重游天台山那样,仙女早已渺然不可得见。她字面背后的意思是说,如果没有那样的相遇,则宁愿隐藏起来不见任何人。她相信汪然明知道,她能与什么样的人相见,不能与什么样的人相见。

记得西湖某处,某小亭,有这样一副对联:

唯问白云何处去
不知明月几时来

当时看了颇为感动,却不知因何理由,有何缘故而感动。现在想来,确实,西湖的每一处云,每一次月,都是唯一的、不可替代的、令人珍惜的美;而白云的每一回去,明月的每一番来,都别有一种新鲜,别有一种神秘,别有一份命定与不可求的因素,都是令人低回感动的生命机缘。

# 不系园

　　不系园不是一处园林的名字，而是明末西湖畔一只美丽的游舫。

　　庄子说："饱食而遨游，泛若不系之舟。"一叶小舟，万顷波光，摇碎满湖明月，飞入藕香深处。

　　然而不系园又真像是一座园林。王修微《寄题不系园》诗有句云："湖上选名园，何如湖上船。""春随千嶂晓，梦借一溪烟。"画舫临波之间，林峦绿映，涧远桥幽，波光涵淡，目恍恍其如摇，意绵绵而不断，何尝又不是一处园林游观之美。

　　"不系园"这个名字，是明末名士陈眉公所取。这只画舫的主人是汪然明。汪氏在西湖边制作了好几艘游舫，有叫随喜庵的；更小一点的叫团瓢、观叶、雨丝风片，都是些美丽得容易教人做梦的名字，令人有"古荡无波，酒清茗洁，傍树依云，栩栩然也"之想。

　　然而汪然明的游舫，并不是随便什么人都能借得到的。他曾订有一纸《不系园约款》，规定须是"名流、高僧、知己、美人"，才有借舫的资格。

　　河东君柳如是，肯定不能算是大美人的。流传下来的诗文中，没有一句提到她的五官长相如何。顾云美《河东君传》中

白堤

描写她的样子，也只有一句"结束俏利"，便已交代过去。可以远观而不可近视，凌波仙子神光离合的神韵，不容俗人想象一二。钱牧斋诗"文君放诞想风流"；陈寅老诗"画眉时候月初三"、"阿云格调更无伦"，已经是很高的评价了。

"美人"又是河东君柳如是的号。它像一把钥匙，陈寅老由此考证出陈子龙、程孟阳、谢象三、钱牧斋等人与她的诗词因缘，解开了很多有关她的身世与情感因缘的谜团。

汪然明是柳如是的知己，柳如是自然也是汪然明的知己。柳如是《尺牍》第十八通云："嗟乎！知己之遇，古人所难。自愧渺末，何以当此？"可以为证。

"名流"是社会上知名度高、有影响力的人。柳如是嫁牧斋之前，便与松江几社文学集团诸名士诗人相往来，喜穿男子服装，又知识渊博，好在众人面前发表议论，与诸名士往来书札，

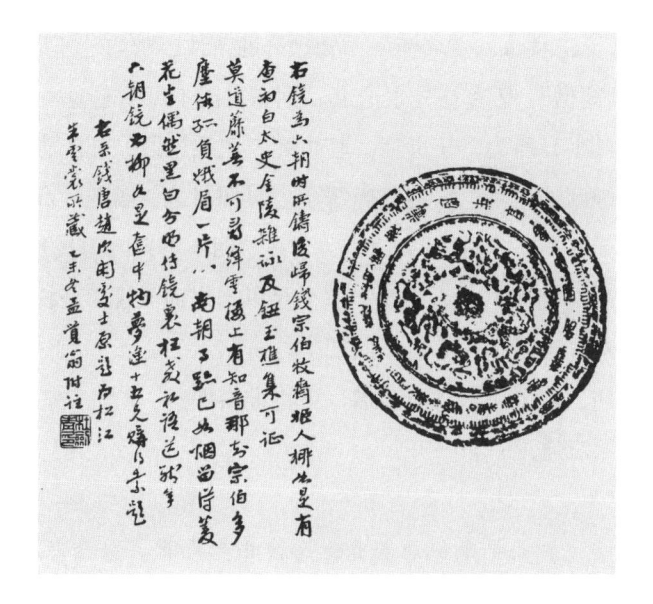

右镜为六朝时所铸，后归钱宗伯牧斋姬人柳如是。有查初白太史《金陵杂咏》及《钮玉樵集》可证：莫道蘼芜不可寻，绛云楼上有知音。那到宗伯多尘俗，孤负娥眉一片心。南朝事迹已如烟，留得菱花岂偶然。黑白分明传镜里，枉教私语送残年。六朝镜为柳如是奁中物，梦渔十五兄购得索题。右系钱唐赵次闲处士原题，为松江朱云裳所藏。乙未冬孟。觉翁附注。

皆自称"弟"，正是以名士自居。而嫁与牧斋之后，谈笑应酬，又成为名士聚会"文化沙龙"的女主人。当时有不少著书的人，往往挟自己的著作来拜访文坛大老钱牧斋，愿得到他一言半语的品题。有时牧斋老人懒得见客，便让柳夫人应酬。有时需回拜客人，竟也让轿子抬了柳夫人，代表钱牧斋回访客人。牧斋常对人说："此吾高弟，亦良记室也。"也常常称她为柳儒士。

　　"美人"、"名流"、"知己"的条件，柳如是都具备了。至于"高僧"，陈寅恪先生论道："河东君固不可谓之为'高僧'，但就其平日所为、超世俗、轻生死，两端论之，亦未尝不可以天竺维摩诘之月上，震旦庞居士之灵照目之。盖与'高僧'亦相去无几矣。"陈先生又说，关于汪然明《不系园约款》中的四类人品："河东君一人之身，实全足以当之而无愧。汪氏平生朋好至众，恐以一人而全具此四类之资格者，必不多有……然明诸游舫，若舍河东君而不借，更将谁借耶？"于是，柳如是《尺牍》第二通云：

　　　　早来佳丽若此，又读先生大章，觉五夜风雨凄然者，正不关风物也。羁红恨碧，使人益不胜情耳。少顷，当成诗一首呈教。明日欲借尊舫，一向西泠两峰。余俱心感。

　　这首小笺写得真好。她的意思，表达得十分含蓄。我联想到的，首先是欧阳修的词："人生自是有情痴，此恨不关风与月。"还有一种联想：柳如是一早拏舟出游，几时回返？依她的性情，微月林端徘徊时？佛灯古寺依稀时？

　　我多年前读张宗子《西湖七月半》，不能懂得为什么"杭人游湖，巳（上午九时至十一时）出酉（下午五时至七时）归，避月如仇"。杭人何以如此俗？张宗子又何以如此清雅自赏？后来读了陈寅恪先生关于西湖游舫的考证，才明白了张宗子如此写的苦心。明亡以后，汪然明写给周靖公的尺牍云：

人多以湖游怯见月诮虎林人。其实不然。三十年前虎林王谢子弟多好夜游看花，选妓征歌，集于六桥。一树桃花一角灯，风来生动，如烛龙欲飞。较秦淮五日灯船，尤为旷丽。沧桑后，且变为饮马之池。昼游者尚多蜷缩，欲不早归不得矣。

清兵入关，大批军队驻防杭州，昔日荷香灯船之盛地，变而为膻腥戎马之区。张宗子的雅俗之叹，骨子里是文化的盛衰之感。西湖的繁华必定是一代比一代强，然而像柳如是那样的文化灵秀之气，确是西湖千年不再的相遇。己亥年冬，我在西湖刘庄，有七言绝句一首，抄录以作本文的结语：

琅琅遗章梦旧游，两峰清气想风流。
无边残柳枯兰意，又是湖边几度秋？

# 西湖的女画史

　　明末清初，西湖出了不少女画家。我读有关西湖的文字，常常感叹她们的才华可贵而名字湮没无闻。其中如杨慧林、字云友，号云道人，死时还很年轻。一代南宗北斗董其昌（字玄宰）精于品题，《明史》称："尺素短札，流布人间，争购宝之。""收藏家得片语只言以为重。"在他的《容台集》里，有一篇《题林下风画》，就品评了杨云友的画风：

　　　　山居荏苒几三十年，而闺秀之能为画史者一再出，又皆著于武林之西湖。初为林天素，继为杨云友……然天素秀绝，吾见其止；云友澹荡，特饶骨韵。假令嗣其才力，殆未可量。

　　《世说新语·贤媛》篇："王夫人神情散朗，故有林下风气。"王夫人即王凝之妻谢道韫，是才女名媛的典型。"林下风"指特富超逸之致的女子。"散朗"二字，很有意思。"散"是和缓、宁静、从容；"朗"则是明快、大气、有生气。而杨云友的"澹荡"，恰是"散"义；她的"特饶骨韵"的"骨"字，恰是"朗"义。"骨韵"二字，尤能说出"散朗"一词的好处来。董其昌又说：

> 今观此册山水小景……已涉元季名家蹊径。乃花鸟写
> 生，复类宋时画苑能品诸人伎俩。虽管仲姬亲事赵文敏，
> 仅工竹石，未必才多乃尔……而生世不谐，弗获竟其所诣。
> 可怜玉树，埋此尘土，随西陵松柏之后。有汪然明者，生
> 死金汤，非关惑溺。珍其遗迹，若解汉皋之佩；传之同好，
> 共聆湘浦之音，可谓一片有心，九原知己，慎勿以视煮鹤
> 之辈也。

晚明清初，元人画始贵。香光老人是倡元人画风的始作俑
者。他用"元季"、"宋时"二语品题，法眼褒扬，分寸极当。
我自然更爱那六朝小令风格的笔致，出之以老人伤感的语气，
为天地间一瞬而逝的流星般的生命，歔欷唱叹。中国人的绘画
史，是应该保存这样的语气的。绘画史的写法，有两种，一是
纯技术的架构，一是富于情韵的叙述。如果我来写绘画史，我
想我可能会选择后一种写法吧。

香光老人提到的这个汪然明（名汝谦），是杨云友的好友。
杨云友没有文集，胡文楷《历代妇女著作考》中没有她的名
字，她的生平事迹，大都见于汪汝谦的《春星草堂诗集》，尤其
是《听雪轩》一集，是专为云友而作的。明清时的一些不出名
的诗人、画家，他们的生活材料，正是这样通过朋友的诗文咏
唱而保存下来的。我觉得，历史上一个艺术家的作品，似乎有

三种流传方式。一是碰运气，有的传，有的不传。吴道子、顾恺之的作品，我们一幅都看不到了！二是史书、目录家的著录；三是师友口耳相传，或诗文咏唱的记事、短简断札的提及而已。而第三种方式，应是艺术家和他的作品最能发生自然影响的方式。可惜世人往往从第一、二种方式，知道前代艺术家的名字，这只能表明历史的势利与无情。真正的艺术品，只对有情的世界敞开，而有情的历史，只对有情的生命敞开。

于是，有汪汝谦这样的人"珍其遗迹"，又"传之同好"，于是，在一个冬天的夜晚，在杭州西湖边的横山别墅，柳如是在灯下披览云道人的画册，然后给汪然明写了一封文情俱佳的信：

> 泣蕙草之飘零，怜佳人之迟暮，自非绵丽之笔，恐不能与于此。然以云友之才，先生之侠，使我辈即极无文，亦不可不作。容俟一荒山烟雨之中，直当以痛哭成之耳。

柳如是用了这样重的语气，她必有真实的感动。恽南田论画："群必求同，同群必相叫，相叫必于荒天古木……"这句话，恰可作柳如是"痛哭成之"一语的注脚。她从云道人的画册中，看到的正是同于自己的一种生命之美，她为这生命的感通而长太息！给汪汝谦的另一封信中，她写道：

> 弟欲览草堂诗，乞一简付。诸女史画方起，便如彩云

柳如是画迹

出衣。至云友一图，便如濛濛渌水，伤心无际。容假一二
日，悉其灵妙，然后奉归也。

　　汪汝谦《春星草堂诗集》，取杜甫"春星带草堂"之句，柳
如是"草堂诗"即指此。她想借助汪汝谦的诗歌，更多了解一
点杨云友，进入这个才女的心灵世界。"彩云出衣"，是用李白
"顿惊谢康乐，诗兴生我衣，襟前林壑敛暝色，袖上云霞收夕
霏"（《酬殷明佐见赠五云裘歌》）。不仅柳如是对于李白诗极熟
悉，且融诗兴、山色之美、欣悦之情为一典，铸语极精。她又
用"濛濛渌水"写出在西子湖畔读女画史的感受。一种湿淋淋
的心情，不可语的悲悯，简直不能改易一字。己亥年冬，我在

西湖刘庄，有绝句云：

> 看柳西湖愿已酬，重来心事转悠悠。
> 如何烟雨濛濛水，化作天公残泪流。

我的这首诗写得太重。而柳如是的这一帧尺牍，是那样的语简情长，就像水墨画，留下了无尽的空白。杨云友的画，与其说靠香光老人的品题传，靠汪汝谦的诗歌传，不如说靠河东君的小笺传。这，恰是生命与生命的照面，而敞开一有情的世界。这世界虽小，可以永恒。比起在艺术史上占一个不痛不痒的角落，杨云友幸运得多，一个艺术家、诗人，在此有一席之地，可以无憾。

# 陌上花开

郁达夫的《毁家诗纪》写得十分沉痛，是了解达夫生平与情感的最重要材料，也是了解才子诗人遭遇人伦苦境所感受到的心灵悸动的最重要材料。其中第十二首写道：

> 贫贱原知是祸胎，苏秦初不慕颜回。
> 九州铸铁终成错，一饭论交竟自媒。
> 水覆金盆收半勺，香残心篆看全灰。
> 明年陌上花开日，愁听人歌缓缓来。

第五句据作者原注，本来写作"昨夜刚逢牛女会"，是说夫妻好不容易重新会聚，后又改为"水覆金盆收半勺"，可见出达夫的软弱，不懂得"覆水难收"的古训。第六句原来写作"他生再卜凤凰台"，而这"凤凰"二字，充满多少诗人式的天真浪漫！现在的定稿中"香残心篆"四字，又何等的伤心，何等的悒悒不甘！诗末两句原作："最愁陌上花开日，怕听人歌缓缓归。"这是决绝语。达夫多情的天性，不忍作此以示映霞，改成现在这样，用心深苦。愁，变成等待、企盼的忧愁。

然而王映霞终于离去。陌上花开之日，群莺乱飞之际，人不归矣。

"陌上花"是江南文化中一个很美的典故。苏轼的《陌上花三首》序中，提到这个典故的由来：

> 父老云：吴越王妃每岁春必归临安。王以书遗妃曰：陌上花开，可缓缓归矣。

我想，江南乡土父老之所以盛传此一故事，皆因那吴越王的多情、懂情。王妃的离开，是春天，陌上花开也是春天，才这么短的时日，那王便已函书飞羽，催妃回归了。而他的书札又是那样温情，那样含蓄，表达出江南文化的温情细腻与怜香惜玉。

崇祯十四年早春，钱牧斋由虞山往杭州，柳如是由虞山返茸城。分手之后，二人互致思念，诗简酬答，即用此"陌上花"故事起兴。牧斋诗云：

> 陌上花开正掩扉，茸城草绿雉媒肥。
> 狂夫不合堂堂去，小妇翻歌缓缓归。

> 陌上花开燕子飞，柳条初扑麴尘衣。
> 请看石镜明明在，忍撇妆台缓缓归。

> 陌上花开音信稀，暗将红泪裹春衣。

柳如是像，程庭鹭绘

花开容易纷纷落，春暖休教缓缓归。

牧斋在诗题中说是和东坡词而反其意。我们应可怜他的后悔，他的焦急，所以每一句的"缓缓归"，他都真的反其意而用之，最后甚而说出"春暖休教缓缓归"，恨不得将此名曲，从此就改而为"急急归"。然而牧斋毕竟是风流高手，他其实给了柳如是一种很美的唱和感觉，同时提供了她一份情感上的控制权、优越感。当然，还有两心相通的诗兴与心缘。柳如是《奉和陌上花三首》云：

陌上花开照板扉，鸳湖水涨绿波肥。

班骓雪后迟迟去，油壁风前缓缓归。

陌上花开一片飞，还留片片点郎衣。
雪山好处亭亭去，风月佳时缓缓归。

陌上花开花信稀，楝花风暖扬罗衣。
残花和梦垂垂谢，弱柳如人缓缓归。

　　柳如是真的欢喜上了这个诗典，她用"风"、"柳"、"月"等，将此一名曲，熨贴得十分清婉美妙，一唱三叹！直到顺治七年，柳如是仍不忘此旧事，在牧斋老人刚刚从大狱里放出来，死里逃生之后，唱和他的《人日示内》诗云："香灯绣阁春常好，不唱卿家缓缓吟。"她很幽默地戏谑老人，再也不唱你不喜欢听的那个"缓缓归"的曲子了。她还十分有意思地用了一个昵称：卿。"我不卿卿，谁当卿卿？"（《世说新语·惑溺》）令我们历历感受那其乐融融的家庭温馨之情。

　　应该说，钱柳因缘，为此典语增添了一份优美缠绵的情韵。

　　一个典语、名曲，犹如一只燕子，穿过了"文化江南"古往今来的风帘雨幕，飞去飞来，寻觅旧时人家的残红荒榭，聆听人性故事的悄然私语。

　　你们会问，你这样对比着写，是不是有些残酷？然而，我的本意，无非是陌上花常开，人间情长在。

# 冯小青

西湖的孤山放鹤亭边，是明末女子冯小青的葬处。小青可说是江南文化中的文学女神。20世纪40年代前，冯小青墓犹在。1915年，柳亚子等南社诗友，曾同游孤山，凭吊小青之墓。柳亚子作题记，李叔同书碑文。题记云：

> 冯郎春航，能歌小青影事者。顷来湖上，泛棹孤山，抚冢低回，题名而去。既与余邂逅，属为点染，以示后人。用缀数言，勒诸墓侧。世人览者，倘亦有感于斯？民国四年夏五，吴江柳亚子题。

1944年，写《弘一法师年谱》的林子青居士曾见此碑。以后墓遭拆毁，碑亦无存。一代名姝风流，质本洁来还洁去，香魂飞散于冥冥太空，不教俗子口污白眼，岂非幸事？

冯小青是姑苏冯云将妾，广陵人，自幼聪颖异常，十岁时，曾遇一老尼姑传授《心经》，两遍即能背诵，不失一字。老尼姑对她家人说：此儿早慧福薄，请收她为弟子。不然，不可教她识字，便可有三十年活命。家人以老尼为妄，嗤而逐之。

冯小青墓

　　小青之母本是一女塾师，小青常跟随左右，所接近往来之人，多是名闺才女，因而得以亲近诗书，妙解声律。在闺彦雅集舌战手语的场合，小青往往能随机酬答，出人意表。人人皆喜与小青交往。

　　十六岁时，小青归冯生。冯生妇妒性出奇，小青常曲意伺候，不能化解。妇终不能与小青相处，便将她徙置孤山别墅，告诫她说：不得准许，郎不得入，不得同意，郎手书亦不得入。小青自思大妇监伺甚严，不想以任何把柄落入其手中，长日闭户静坐而已。即使是与大妇同游西湖，遇游冶少年挑逗，女伴皆戏谑应答，小青惟默然凝坐而已。

　　大妇有一亲戚某夫人，常与小青学棋，深怜其人，亦深悉大妇阴毒，暗中劝小青逃走，并愿提供帮助。小青答曰：幼年时曾梦手折一花，花随风片片入水，命不过如此。小青深信命，信冥间有姻缘簿，不愿再取污辱。某夫人无奈，惟劝小青提防大妇。

小青自此，幽愤凄恻之情，一一托之于零笺小词，深闺幽处，郁闷成疾，大妇殷勤命医侍药，小青佯作感谢，药汤均暗自抛掷床头，叹曰："吾即使不愿活，亦当以干净之身皈冥界，岂能以一毒鸩断送？"然而从此病体渐不支。

忽然有一天小青清醒时，命老妪传语冯郎，觅一画师来。画师为小青写照，第一幅只得形似，又写一图，只得神似，而风态未能流动。重命画师捉笔于旁，小青与姬婢谈笑随意，待画师熟想久视，一挥而成。小青观画，笑曰："可矣。"画师、姬婢去后，小青取画像供床前，燃名香，设梨酒祭奠，曰："小青小青，此中岂有汝缘分耶？"祭罢抚几而泣，泪雨潜潜下，一恸而命绝。小青死后当夜，冯生踉跄而至，长号呕血。而图与诗尽遭大妇焚毁，惟小青一部分诗稿，因藏于送老妪小婢什物之中，赖得保存，计九绝句一古诗一词并寄某夫人书共十二篇，后收于《虞初新志》卷一佚名《小青传》。

小青绝句九首，最能传述出其苦痛与内心希企。第一是幽闭生命的自怜自恋，如云：

　　新妆竟与画图争，知在昭阳第几名？
　　瘦影自临春水照，卿须怜我我怜卿。（三）

　　冷雨幽窗不可听，挑灯闲看牡丹亭。
　　人间亦有痴于我，岂独伤心是小青？（五）

第二是对自由与知己的向往，如云：

> 西陵芳草骑辚辚，内信传来唤踏青。
> 杯酒自浇苏小墓，可知妾是意中人？（四）

> 盈盈金谷女班头，一曲骊歌众伎收。
> 直得楼前身一死，季伦原是解风流。（八）

大可注意者，第一首抗议佛家的命定姻缘，第九首回归儒家的血亲之思。小青用她短暂而悲苦的生命来肯定自由、温馨、平凡的人生世界的美好珍贵：

> 稽首慈云大士前，莫生西土莫生天。
> 愿将一滴杨枝水，化作人间并蒂莲。（一）

> 乡心不畏两峰高，昨夜慈亲入梦遥。
> 见说浙江潮有信。浙潮争似广陵潮。（九）

自佛法东传，长期以来，中土民间佞佛就不断形成一个粗糙化、影响广的信仰传统，用吕澂先生的话说，即所谓"泥迹"，专讲索诃苦恼、生死可畏、前因命定一套，引人消极厌世、避世归寂。这是从小乘佛法流衍而出的话头，却丝毫不能学得小乘思想中严肃深刻的精神，只剩下一个等待来生解救的渺小、琐屑、可怜的生命。冯小青的故事，一般论者只注重其中"封建家庭婚姻"的制度化痼疾，却没有留心冯小青心灵中粗糙化佛家信仰对她的禁锢，所以小青绝句第一、第九首中表达的临终醒觉，应是来自中国本土文化心灵的觉醒。

冯小青是否真有其人，在清代已成问题。张潮曾半信半疑，在佚名《小青传》后批曰："小青事，或谓原无其人，合小青二字，乃'情'字耳。及读吴□《紫云歌》，其小序云：'冯紫云为维扬小青女弟，归会稽马髦伯。'则又似实有其人矣。"最早否定者，为钱谦益。其《列朝诗集小传·闰集》云：

> 所谓小青者，本无其人，邑子谭生造传及诗，与朋侪为戏曰：小青者，离"情"字。正书"心"旁似"小"字也。或言姓钟，合之成"钟情"字也。其传及诗俱不佳，流传日广，演为传奇，至有以《孤山访小青墓》为诗题者。俗语不实，流为丹青，良可为喷饭也。

近人潘光旦将冯小青作为中国性变态心理学的典型个案加以研究，在20世纪20年代著有《冯小青考》（后扩展为《小青的分析》，又增益为《冯小青》，近年又有重版），运用西方性心理学说分析心理意义的同时，又发掘出大量材料，详细考证了小青其人的真实存在。

清人陈文述《兰因集》也驳斥钱牧斋之说，认为钱氏因受冯家豪族大户之委托，本妒妇焚图毁诗之余烈，作不经之语，千方百计灭迹掩盖事实真相。陈寅恪先生认为钱牧斋肯定作伪，但不同意牧斋受冯生嫡室委托之说。在《柳如是别传》一书中，他详考钱牧斋、汪然明、柳如是与冯云将的关系，揭发钱氏与冯生有五十年深笃的交谊，而冯生娶同姓为妾，与古礼"买妾不知其姓，则卜之"之教义相违，故为友人讳。他考证出冯云将为南京国子监祭酒冯梦帧之子，因科场屡屡失意，一生不得志而潦倒困顿。牧斋为身世不幸之友人讳，虽一片苦心，但毕竟是曲学阿友，文品甚劣。

柳如是《西泠》第十首，自注"时游孤山"。诗云："荒凉夙昔鹤曾游，松柏吟风在上头……遥怜浦口芙蓉树，仿佛山中孔雀楼。"陈寅恪先生说是"非寻常游览之作，必有为而发"，颇疑此诗殆有感于冯小青之事而作。可以补充的是：一、"松柏"即小青绝句第四首咏苏小小事，而其《与某夫人书》亦有"雨残笛歇，谡谡松声"；二、"孔雀楼"即南楼。《与某夫人书》云："宁复知风流云散，遂有今日乎？往者仙槎北渡，断梗南楼，猖猖哮声，日焉三至。""仙槎"指冯云将，"哮声"谓冯生嫡室，"南楼"指秦女弄玉断魂的秦楼。柳如是用"孔雀楼"绾合萧史、秦女与小青、冯生正反面典故，借指己身与陈子龙同居之松江南楼，"自伤其身世与小青相类，深恨冯妻及张孺人之妒悍，云将及卧子之怯懦，遂感恨而赋此诗欤？"这也正是：

人间亦有痴于我，岂独伤心是小青？

　　清初杭州诗人徐士俊有《春波绿》传奇，演小青事。其自序云："慧业文人，应生天上，况名媛乎？彼偶现者影耳。"冯小青的故事，文人才子看出红颜薄命的嗟叹感伤，社会学家看出封建婚姻家庭对女子的迫害，科学家看出影恋的变态性心理，史家考证出历史真相的一段遮蔽，而关心江南文化的人，则又可见出纤细幽美的文化心灵，实有一份重情感、重心灵、重文学、重才人之自恋倾向。《春波绿》结语云：

　　　　吁嗟乎！情根一点如灯接，添袖传火皆才客。古来书籍将心灭，经不及史史逊说，惟有歌曲能将心洗出。君不见，娄江路、广陵路，魂如织……

# 王修微

　　柳如是《尺牍》计三十一通，传说汪然明在杭州刻成后，以数十册寄呈钱牧斋，牧斋老人"拉杂摧烧之"，且请汪然明归其书版，一并毁之，所以当时流传绝少。幸亏汪然明与柳如是的挚友林天素保全了一本。现在我们看到的，正是有林氏题咏、作序的本子。三百年间，这个本子辗转流传，1965年，经高时显（野侯）的后人售与浙江图书馆。而早在1920年，王国维先生在杭州高时显处见到《尺牍》，称为"秘帙"。观堂先生曾有题咏七绝三首，第一首云：

　　　　羊公谢傅衣冠有，道广性峻风尘稀。
　　　　纤郎名字吾能意，合是广陵王草衣。

　　从这首绝句中，我们可以看出观堂先生学者的气质而兼有诗人的性情。学者的气质即求真探隐、发覆祛疑的知识倾向，诗人的性情即追思想象、思接古人的同情感兴。在这首绝句中，诗人性情是含藏在学者的气质中，通过唱叹的韵律表现。
　　首先，观堂先生用了《尺牍》中的两处原文，一是"羊公谢傅"，一是"道广性峻"。前者见于《尺牍》第三十通，"黍

王国维墨迹

羊公謝傅衣冠冑道廣性峻風塵稀纖郎名字吾能意合是廣

陵王草衣　華亭非無桑下戀海竟初有蠟屐蹤汪倫老去

風情在出裏商量最惱公　幅中道服自權奇兄弟相呼竟

不羡莫怪女兒太唐突荊門朝士鬚眉　庚申季夏

野蓬先生歸白雲山涘此秘帙假讀一過漫賦三章　觀堂

谷之月，遂蹑虞山，南宫主人，倒屣见知，羊公谢傅，观兹非渺"。"道广性峻"见于《尺牍》第二十五通，"承谕出处，备见剀切，特道广性峻，所志各偏。久以此事推纤郎，行自愧也"。"道广性峻"一语，出自《后汉书·许劭传》："劭尝到颍川，多长者之游，惟不候陈寔（太丘）。又陈蕃（仲举）丧妻还葬，乡人毕至，而劭独不往。或问其故，劭曰：'太丘道广，广则难周；仲举性峻，峻则少通，故不造也'。"揣想《尺牍》的语气，恐怕是汪然明要给柳如是推荐当地的二三名流，而柳如是以许劭自比，"不候"、"不往"、"不造"。说此事纤郎可以为，我不可以。观堂先生此二句意谓：羊公、谢傅那样的风流名士在男人的世界里还有一些的，而柳如是这样的人格，在风尘女子中就很少见了，因为她极为珍视自己的"出处"。王国维先生巧妙地撷取《尺牍》中二语，表达了对河东君自由、自珍、自爱人格的一份赞誉。

诗的末两句说：纤郎的名字我能猜得到，那应是广陵草衣道人王修微。流露出他对于明清间人物掌故的稔熟。《尺牍》前林天素的小引也提到这个名字：

> 余昔寄迹西湖，每见然明拾翠芳堤，偎红画舫，徜徉山水间，俨黄衫豪客。时唱和有女史纤郎……

汪然明的一组《次儿请假归省，感怀述事》诗的第四首有句"犹喜谭诗遇女郎"，自注："昔逢王（修微）、杨（云友）、林

（天素）、梁（喻微）诸女史……"可见，王修微也是汪然明的朋友，是西湖三百年前的名姝之一。

王修微的生平故事，比柳如是更富于传奇色彩。钱谦益《列朝诗集小传·闰集》"草衣道人王微"条云：

> 微，字修微，广陵人。七岁失父，流落北里。长而才情殊众，扁舟载书往来吴会间。所与游，皆胜流名士。已而忽有警悟，皈心禅悦，布袍竹杖，游历江楚，登大别山，眺黄鹤楼、鹦鹉洲诸胜，谒玄岳，登天柱峰，溯大江上匡庐，访白香山草堂，参憨山大师于五乳。归而造生圹于武林，自号草衣道人，有终焉之志。偶过吴门，为俗子所嬲，乃归于华亭颍川君。颍川在谏垣，当政乱国危之日，多所建白，抗节罢免，修微有助焉。乱后，相依兵刃间，间关播迁，誓死相殉。居三载而卒。颍川君哭之恸。君子曰："修微青莲亭亭，自拔污泥，昆冈白璧，不罹劫火，斯可为全归，幸也！"修微《樾馆诗》数卷，自为叙曰："生非丈夫，不能扫除天下，犹事一室，参诵之余，一言一咏，或散怀花雨，或笺志山水，喟然而兴，寄意而止，妄谓世间春之在草，秋之在叶，点缀生成，无非诗也。诗如是可言乎？不可言乎？"性好名山水，撰集《名山记》数百卷，自为叙以行世。

关于自营生圹之事，汪然明《西湖纪游》一文亦记："复于西泠绪（？）纤道人净室旁，营生圹。玄宰董宗伯题曰：此未来室也。陈眉公喜而记之。"自营生圹，可能算唐人司空图最早。司空图还在其中与友人喝酒赋诗，以示生死不二，这是一种见之于行为的死亡哲学。可见，草衣道人的行事奇异矫特，颇受当时名公推赏。同是风流放诞，柳偏于隐，王偏于狂者一路。所以柳之视王，亦"自愧"弗如。王修微《宛在篇·自叙》中说道："嗟乎！我所感存亡生死之变多矣！造化七尺相拘，而不能捐笔焚研，忏除绮语之业，犹沾沾向蝉鸣蚓窍中作生活耶？秋水浩淼，风露已盈，苟复有情，谁能遣此？"这不是视诗文为小道的老调，确有非一般士人所有的存在感受，口气实不类闺房女子。

耶鲁大学的孙康宜教授是研究明清女性文学的专家。在她的《明清诗媛与女子才德观》一文中说："王微和杨宛是女兄弟，分别委身许誉卿和茅元仪，但二人之'行'则大异。王微有胆识，有妇德，事夫忠心不二。杨宛恰相反，不但举止轻佻，而且常闹红杏出墙的丑闻。"其实，作者并没有细心考识史料，只轻信了钱牧斋的《列朝诗集小传》，而钱氏（或柳氏）为他的挚友名姝讳而隐瞒了事实。《明诗综·修微小传》记："初归归安茅元仪，晚归华亭许誉卿，皆不终。"茅曾入孙承宗军中，为副总兵官，后来因部下哗变，遣戍远地，是个"才气蜂涌，摇笔数千言"的著名儒将。许乃抗疏弹劾魏忠贤的著名谏臣，明末剃发为僧。修微与此二公皆不能善终，则是一个待发之覆。至于修微屡屡规劝杨宛，则是因为杨宛总想投靠炙手权门如田弘遇，终于落入匪人之手，倒还不是什么"红杏出墙的丑闻"。修微死后，嘉定才子李宜之竟作《哭修微》绝句百首，李期叔《南园旧话录》云："（宜之）与修微离合因缘，见之古律词曲，皆有题署。"更有待于后世有心人细细考释。将她说成明代"才德双修"的"新型女性"，可能也与事实不符。王修微的婚姻命运之不如柳如是，恐怕是性格因素。谭元春评王修微诗风："有巷中语、阁中语、道中语，缥缈远近，绝似其人。"陈继儒《题修微草》云："修微诗类薛涛，词类李易安，无类粉黛气，即须眉男子，皆当愧煞。"说明她是一个集才媛、侠士、禅客、烈女为一身，高度名士化的女性。这样说，也可以说是"新女性"，但可能给人的印象更加具体一点。深受西方女性主义文学批评时代熏染的学者，可能有某种程度的现代理障，不能更切近历史人物的心灵世界。

从大的方面看，王修微与柳如是都体现了一种新型的婚姻理想。谈迁《枣林杂俎·都谏娶娼》："云间许都谏誉卿娶王修微，常熟钱侍郎谦益娶柳如是，并落籍章台，礼同正嫡。先进家范，未之或闻。"表明当时主流社会缙绅势力对于钱柳、许王之事，都是持反感态度的。钱牧斋之于柳如是、许誉卿之于王修微、冒辟疆之于董小宛、孙临之于葛嫩、龚鼎孳之于顾横波、杨龙友之于马娇等，都是明末清初出现于江南的一种新型婚姻关系，即名流巨卿娶风尘才女。这一点，比唐代进了一步。唐人只重名伎的文艺才华，而明末兼重其人格性情。唐人恋爱喜结仙姝，婚姻则必出高门。明末人则至少有钱、龚、冒、许诸公，视名姝"礼同正嫡"，这一现象在江南最为典型。这对于江南文化心灵的一个启示意义是：文学才能的提升终将带来思想见识的提升，思想见识的提升，终将导致个性自由的张扬，而个性自由的张扬，终将松动板结僵硬的社会习俗（如婚姻模式），带来社会的最终进步。江南文化心灵的最有力的脉动，是文学，尤其是诗歌文学。

# 黄皆令

西湖的断桥边，昔日曾有一间小屋。清初顺治年间，有一位女子在这里卖诗文书画为生。这个女子，即是曾被推誉为"清初才媛之首"的黄皆令。黄皆令与西湖的因缘，至少有三种文献记载：一是徐珂的《清稗类钞·文学类》，二是钱谦益的《有学集·赠黄皆令序》，三是沈善宝的《名媛诗话》，应该是真实可信的。西子湖畔，名士别墅庄园星罗棋布，而卖书画诗文的女子，毕竟不是很多的，值得文学史、绘画史记下一笔。

然而黄皆令的西湖卖画，却并不怎么风流浪漫，甚至不是一种艺术行为，而是生存活命的不得已之事，其间还隐有难言的苦衷。

详细揭发这件事底蕴的，是陈寅恪先生的《柳如是别传》。陈先生见识很大，读书心细。他从清初建州将领劫掠江南名姝的大背景着眼，小心求证黄皆令的诗文，以及与她交往的名士如钱谦益、吴梅村等人的诗文，探隐发覆，弄清了黄皆令曾在嘉兴城破之时，被清兵将领劫获，后又脱免。然而，却因此遭到家乡亲友的怀疑鄙视，有家不复能归，只得在西湖边"僦居断桥小楼，卖诗文以自给"。

陈先生发覆祛疑的第一手证据，是当事人黄皆令《离隐歌

序》最后一句 :"归示家兄……庶几免蔡琰居身之玷。"蔡琰即蔡
文姬,汉代文学家蔡邕的女儿,博学能文,汉末大乱,曾为乱
兵所掠,流落匈奴。黄皆令说她自己能"免蔡琰居身之玷",也
即是说她没有像蔡文姬被劫至匈奴那样,被清人侮辱。但是她
当时肯定已经被人这样议论着、传言着,她才会有这样的辩白。
王渔洋《题黄皆令画扇》诗末二句云 :"今日贞元摇落客,不将
巧语忆秋娘。"王渔洋自比白香山且不必说,而他以唐代长安名
妓秋娘比黄皆令,则颇为怪异,因为黄皆令是有家室的女子,
并非歌伎。然而陈寅恪先生并不以为渔洋比拟不伦,他认为这
一"秋娘"称谓,恰可表明社会上对黄皆令的身份已有所怀疑,
有所诋辱。再一个证据是钱牧斋的《赠黄皆令序》:

> 红袖告行,紫台一去。过清风而留题,望江南而祖别。
> 少陵堕曲江之泪,遗山续小娘之歌。世非无才女子,珠沉
> 玉碎,践戎马而换牛羊,视皆令何如?

则是感叹黄皆令之遭劫而复得脱身之大幸。"紫台"即王昭
君事(杜甫诗"一去紫台连朔漠");"清风"即南宋末一女子被
元兵所劫,过清风岭而题诗故事 ;"小娘歌"、"换牛羊",即指元
好问《续〈小娘歌〉十首》之六 :"雁雁相送过河来,人歌人哭
雁声哀。雁到秋来却南去,南人北渡几时回?"以及之八 :"太平
婚嫁不离乡,楚楚儿郎小小娘。三百年来涵养出,却将沙漠换
牛羊!"三百年明朝中国文化氤氲涵养的才女名媛,一朝纷纷遭

建州掠去，而黄皆令劫而复脱，复何幸哉！牧斋此文大意如此。

季羡林先生曾说："在考证方面，别人在探索时能深入二三层，就已经觉得不错了，再进就成了强弩之末，力不从心了。而寅恪先生则往往能再深入几层，一直弄个水落石出。"我们以对黄皆令的考证为例，陈寅恪不满足于上述史事，又竟然深入探索两个问题：一、劫得黄皆令的将领为何人？二、为何皆令终能脱免？

关于第一个问题，陈寅恪先生从王渔洋《题黄皆令画扇》诗中"风流底许嫁文鸯"一句，发现一个典故，即文鸯是三国时的一个叛将。由此推测劫得皆令的人，很可能是明末降清的一个降将。从历史记载上看，明末清人攻掠江南名城如嘉定等的战役中，确有一些明朝的降将。这是一个细心而合理的猜测，虽只是孤证，但黄皆令的隐情苦衷，使人能了解得多一点了。

关于第二个问题，陈寅恪先生认为：皆令之所以能幸免于难，"当由貌陋之故"。当时与皆令交往的名流，对于皆令的长相，皆有诗文实录。如吴梅村曾将她比作《晋书》中"姿陋无宠，以才德见礼"的左芬（左思之妹）；钱牧斋曾讥讽姚叔祥以古今淑媛媲美皆令，"能无见笑于周昉乎？"而黄皆令卖画，买主往往想"卷帘通一顾"，黄氏坚持不与买主见面，都是证明。陈寅恪先生以史家求真求实的态度，确考黄皆令是一貌寝才高的女子。比起那些动辄王嫱西施、飞燕合德、胡天胡帝的文人伎俩，或偶得柳如是一方墨砚便魂梦颠倒的名士，陈先生不知高明多少。

在大动荡的年代，女性生存不易，尤其是有才华、有声名，原先处于贵族地位而后来挣扎于社会底层的女性。她们的坎坷命运与艰难人生，引发了陈寅恪先生的关心注意，所以他要追寻蛛丝马迹的历史线索，去让自己的同情心得到一份安顿。这是陈寅恪先生考证黄皆令事迹的深意。

# 恽南田

顺治年间，杭州灵隐寺的方丈谛晖是位道行极高、沉默寡言的和尚。那时，远道来灵隐拜佛烧香的男女，日以数万计，而谛晖和尚从无答礼。有一天却出了一桩奇事。那是二月十九日，传说是观音菩萨的生日。这天来烧香的人中，有个富商的太太，随从苍头婢仆，一行数十人，来拜见谛晖。谛晖忽睁双眼，于众人中瞥见一长得纤弱细高的书生模样的童仆，蘧然起身，就跪倒在那童仆前叩头膜拜不止，连声说："罪过！罪过！"富商太太惊问缘故。谛晖说："这就是地藏王菩萨！他托生人间，到处访人善恶。你把他当作奴隶，已经是十分无礼了；又听说你用鞭子打过他，从此你罪孽深重，奈何！奈何！"那富商太太惶急而归。第二天，富商来，在灵隐寺大殿前长跪不肯起，哀求开出一线佛门生路。谛晖对他说："不仅公有罪过，贫僧亦有罪过。地藏王来寺，而贫僧没有迎接，贫僧罪莫大焉！只求能以香花清水，供养地藏王入寺，天天为你们夫妇忏悔，也为贫僧自己忏悔。"富商大喜，布施百万，将那童仆付与谛晖。从此，谛晖教他读书、学画，后来这个童仆名声大盛，成为清初江南著名的六大画家之一，他的名字叫恽南田。

上述故事，出自袁枚的《随园诗话》，固然是小说家言。

后来王抃又据此撰为戏曲《鹫峰缘》，广为流传。袁枚自然也不是完全没有根据的杜撰。恽南田幼年曾与其父恽日初散失，流落在福建的一个将官家里做养子（邓之诚说是被清军所掠）。后来养父死，他出家灵隐为僧。又有人说他父亲打听到他的下落，托灵隐寺的高僧收他为弟子（郑方坤说）。不管哪种说法，江南香火最盛的名寺与江南大画家有缘，则是可以肯定的。中国不少第一流的文人、艺术家，甚至思想家，在其少年时代或一生之中，总有一段或长或短的寺院生活，这对于他们的人格熏陶，对于他们的心理发展，实在是一种很好的缘助，因为宗教人生可以开启形上智慧和超逸想象。江南有这么多艺术家、诗人、文士，跟"南朝四百八十寺"的烟岚洗沐，确是有密切关系的。

恽南田的山水画，我没有见过。他的《南田论画》和《南田画跋》，则确是中国最有诗意的画论。它的技术意味最淡，而哲思和诗味却极浓，远比谢赫的《古画品录》、张彦远的《论画》等更能启人遐思，增加人对于古画的一份心灵贴近的感觉，可以说是最成熟的诗人画论、文人画论。兹抄录几则如下：

> 云西笔意静净，真逸品也。山谷论文云：盖世聪明，惊彩绝艳，离却"静"、"净"二语，便堕短长纵横习气。涪翁论文，吾以评画。

> 画以简贵为尚。简之入微，则洗尽尘滓，独存孤迥。

烟鬟翠黛，敛容而退矣。古人论诗曰"诗罢有余地"，谓言简而意无穷也。如上官昭容称沈诗"不愁明月尽，还有夜珠来"是也。画之简者类是。东坡云："此竹数寸耳，而有寻丈之势。"意之简者，不独有势，而实有其理。

寂寞无可奈何之境，最宜入想，亟宜着笔。所谓天际真人，非鹿鹿尘埃泥滓中人所可与言也。

十日一水，五日一石，造化之理，至静至深，即此静深，岂潦草点墨可竟！

绝俗故远，天游故静。

风雨江干，随笔零乱，飘缈天倪，往往于此中出没。

笔墨简洁处，用意最微，运其神气于人所不见之地，尤为惨澹，此惟悬解能得之。

竹树交参，岩岫盘行，每思古人展小作大处，辄复搁笔。细雨梅花发，春风在树头，鉴者于毫墨零乱处思之。

上面这些画语，没有宗教生活体验的人，是绝说不出来的。

陈洪绶《观画图》

　　从前我喜髡残、朱耷等家的山水，读了《南田论画》，我便开始喜欢四王的作品了，尤其是王石谷，从前看他都是繁密，现在看，真得"简"、"静"之美。但我读《南田画跋》，始终有一个疑问：内中说倪瓒的《清闷阁图》上有董香光的题记，而我在刘海粟美术馆看到的张雨、倪瓒的《清闷阁图》却无此题记，不知何故？莫非另有一《清闷阁图》？

# 黄梨洲

　　黄梨洲与杭州因缘甚深。据《黄宗羲年谱》，他曾九次寓居武林。崇祯六年（1633年）至崇祯七年，梨洲二十四岁至二十五岁时，曾在南屏山、孤山两处读书、讲学近两年。同学讲友有张秀初、沈眉生、刘道贞、刘进卿等。梨洲"入室讲《论语》《周易》，金谓凿空新义，真石破天惊也！"甲申之变，先生三十五岁，曾从刘宗周先生赴杭，寓吴山海会寺，从事招募抗清义军的工作。以后，又于四十八岁至五十岁、五十五岁、六十一岁、七十岁、七十五岁、八十一岁时，寓居于杭州孤山、吴山等处。可以说，梨洲先生一生的活动，杭州算是一中心。明末三大儒，昆山顾亭林虽是南人，却长期活动于山西、陕西、山东、河北等中原、关中地区，父母之墓不扫，到死也不肯回家。衡阳王船山越隐越深，最后，竟匿身于湘西的瑶洞，"七尺从天乞活埋"。而甬上黄梨洲则几乎终身不离两浙山水，无论是早年的反抗权奸，中年的结寨抗清，还是晚年的著书讲学，都与江南的山水草木命命相连（除四十岁时曾往日本长崎乞师，五十岁时有匡庐之游）。如果说顾亭林是北方大地的播种农夫，王船山是湘西苦境的守灵人、传薪人，黄梨洲则是江南文化的孤臣孽子。

　　船山几乎无门生友人，亭林遍中国皆有同志，梨洲则讲友、学生众多，名盛江南。王船山是狷者，顾亭林是狂者，黄宗羲的生命形态，则兼有狂者与狷者的气象。亭林先生的著作如中原大地上的黄河，气脉深长，开辟鸿蒙，纳川归海；船山先生的著作如深山老林中的秘境，含藏丰厚，槌幽击险，虎踞龙盘；而梨洲先生的著述则如浙东佳山水，明丽奇秀，丛峦叠嶂，极尽郁郁苍苍之美。

　　梨洲先生学问的根源，全由他的父亲黄尊素老先生的两句话引出。第一句话是在尊素老先生被捕时，于途中告诉他："学者不可不通知史事，将架上《献征录》涉略可也。"于是梨洲先生发愤读史书，自明代的十三朝实录，上溯《二十一史》，每日丹铅一本，迟明而起，鸡鸣方已，两年而毕。梨洲先生对清代学术影响最大的是他的史学，尤其是明史，可以说是开山的祖师。清初明史馆的馆学，都是梨洲先生的后学，每有疑难，都向他咨询。那千古不磨的史学大著，即是他的《明儒学案》、《宋元学案》（黄百家、全谢山补续而成）。梁任公先生说，从这两部书始，中国才有了真正意义的学术史。

　　尊素老先生的第二句话，是被捕之际，刘宗周（蕺山）来饯行时，老先生命他从蕺山先生游，时梨洲年十七。刘蕺山是阳明学说最后、最大的传人，也是中国历史上最后一个理学家。甲申之变后不久，杭州城降，蕺山居杨塮，"绝食廿日，勺水不入口者十三日"，殉国而死。据《黄宗羲年谱》，蕺山先生临终前，梨洲侍奉在旁，"公不敢哭，泪痕承睫，自序其来，先生颔之"。梨洲从蕺山学了什么？明代思想中的王阳明学说，当时已趋于两个极端发展，一是"情炽而肆"，一是"虚玄而荡"，前者偏于狂者一路，放旷健动而不能踏实质重；后者偏于狷者一路，高明狷洁而飘荡无归。梨洲撰刘蕺山《行状》，总论其学术性格，乃是"从严毅清苦之中发为光风霁月"，正可以堵绝"情炽而肆"、"虚玄而荡"的流弊。梨洲先生的学术性格，又高明又踏实，又健动又有所守，正是蕺山先生学脉的发舒遂畅。前人说"梨洲黄子之教人，颇泛滥诸家，然其意在博学详说以集其成。而其归穷于蕺山慎独之旨，乍听之似驳，而实未尝不醇"，正是此意。

从梨洲先生的书，我们很容易看出他的人。《明夷待访录》是一本极有英气的大书。梁任公称其"对三千年专制政治思想作了极大胆的反抗"，是"我们当学生时代的刺激青年最有力之兴奋剂"，"卢骚《民约论》出世前之数十年，有这等议论，不能不算人类文化之一高贵产品"。狄百瑞称它是近现代儒家宪政的宣言。书中讲宰相与君王分权，讲学校为议政之本，骂几千年的中国政治是"私天下"："屠毒天下之肝脑，离散天下之子女，以博我一人之产业"，"敲剥天下之骨髓，离散天下之子女，以奉我一人之淫乐……为天下之大害者，君而已矣！"真是十分过瘾之语。从中看得出刘蕺山先生冷峻高岸的面影，也看得出梨洲先生青年时袖锥杀仇的虎虎生气！

从梨洲先生的为人，也可以看得到他的学问依据。江藩《国朝汉学师承记》卷八：

宗羲性耿直，于友朋中多不少可……在南都时，见归德侯朝宗每宴以妓侑酒，宗羲曰："朝宗之尊人尚在狱中，而放诞如此乎！吾辈不言，是损友也。"或曰："侯生性不耐寂寞。"曰："夫人而不耐寂寞，则亦何所不至耶？"时人皆叹为至论。及选明文，或谓当黜方域文，宗羲曰："姚孝锡尝仕金，元遗山终置之南冠之列，不以为金人者，原其心也。夫朝宗亦若是矣。"乃知其论人严，亦未尝不恕也。

陈寅恪先生在《柳如是别传》里亦对侯朝宗等应清廷科举事发表评论，说当时倘不应举，则有性命之虞。陈先生亦能深原古人处境之苦，不作苛论。从这里，可以看得到第一流的史学家皆具有平恕冷静的史德。而梨洲先生对侯朝宗耐不得寂寞的批评，又可看出蕺山先生慎独学说的影响。

全谢山《鲒埼亭集·答诸生问南雷学术帖子》说："先生之不免余议者则有二：其一，则党人之习气未尽，盖少年即入社会，门户之见深入而不可猝去，便非无我之学；其一，则文人之习气未尽，不免以正谊明道之余技犹留连于枝叶。"我以为这正是江南文化在梨洲学问世界中显现出的业力。惟其党人气重，故有英气；惟其文人气未尽，故他的文章写得比顾亭林先生好，未尝就是坏事。"以血肉撑拒，没虞渊而取坠日者，东林也。"亭林先生写得出如此鲜活警人的句子么？

# 毛稚黄

　　明清时的文化太成熟了，西湖的风景过于美丽了。于是毛稚黄（先舒）先生才八岁，就信口吟成"杨柳千条绿，桃花万树红。船行明镜里，人醉画图中"。这首小诗传到当时的文坛领袖、松江的陈子龙耳朵里，卧子先生夸赞不已。于是稚黄就当上了卧子门下弟子，于是就好作品不断，人人争而赏之。后来他就成了西湖文学集团"西泠十子"的首领。说到西湖，就要说到"西泠十子"及毛先舒；说到浙江，就要说到"浙中三毛、文中三豪"（毛先舒、毛奇龄、毛际可）。

　　既然是诗歌文学集团的首领，就必有一本两本的诗学著作。毛稚黄的文学见解大都集于《诗辨坻》一书之中。"坻"的意思是老鼠屎。稚黄先生不是要挑出别人诗中的老鼠屎，而是说自己的诗话是老鼠屎。鼠屎牛粪，不用则为粪壤，用则可以实五稼、饱邦民，虽然立意幽默谦虚，然骨子里仍是高论大义。

　　《诗辨坻》对竟陵派的批评甚有意味。钱锺书先生说过，竟陵派的主张与趣味，影响远远大于公安派的三袁。在20世纪80年代出版的《谈艺录》的"补订"中，尤为强调这一点。清初还有人骂竟陵诗人是"诗妖"。其实，钟惺、谭元春只是特别看重文学小感觉和生活小性灵罢了，所以不太主张读书法古，更多推崇独创自得。稚黄先生说他们"驰骋小慧，河伯自欣"。在文学史上，凡以偏锋取胜的人，往往都所见孤陋，不能见百川之丰沛美富。然有容乃大，必然伴随趣味平庸；而师心独照，又必然难免荒才窳劣。这真是一个无可奈何的矛盾。

不过，中庸的稚黄先生批评竟陵诗风，仍有待深入发掘其时代意义。搞文学批评史而不懂得明末清初人的心境志行，就往往只是平面理解稚黄先生的讲究"重法"、"崇大"、"求理"，只能说他仍逃不出儒家思想的手掌心。这样的浅词套语当然无助于江南文心的探隐发覆。

清初有志行、有操守的文士往往瞧不起矜巧片字、指义浅率的凡流琐士。因为甲申之变刺激太大，有节之士大多怀有顾亭林先生"亡天下"的孤怀隐痛。所以稚黄先生面对影响颇大的竟陵诗派，便要讥讽一下此辈诗人的"龟肠蝉腹"，要批评他们"各用我法，遑知古人"，史要抨击他们"趣新隽"、"屈准绳"、"屏矩矱"。因为在稚黄先生这些人的意识深处，规矩、准绳、古人，都与历史传统、文化生命、道德意识紧密联系在一起。"文章磊磊有裨于斯世"，才是西湖边上巍峨壮观的五凤楼，而不仅是烟柳花中的小亭子而已。

陈寅恪先生在《柳如是别传》中说，稚黄先生"亦抗清之志士"。这有没有根据？陈寅老分析了一首《赠王彩生》诗，说这里的王彩生不是一般的营妓，而是参与钱牧斋多次密谋反清的红拂女子之一，于是稚黄先生的《赠王彩生》也就有了政治含义。可是就诗论诗，陈寅老所说的政治含义，我实在看不出来。

　　然而，稚黄先生曾从刘宗周先生问学，执门人弟子礼。刘先生曾对人夸奖稚黄为"东南之宝"。稚黄有印章一枚，刻"犹及山阴（刘宗周）华亭（陈子龙）之门"八字。刘先生绝食而死，陈卧子投水身亡，忠义刚节之风，稚黄先生能无景仰深契乎？他晚年极想撰辑的一本书是述刘先生学思的《山阴微旨》，可惜因病未果。那么，说他是抗清有节之士，正是大有根据的。

　　文化转型变易之际，史家最有意味的工作莫过于观人心。人心之变，士风为先。士人的无处安身立命，变来变去，最具有知古鉴今的价值。稚黄先生又对友人说："迄今有蝉蜕轩冕者，有山林终者，有自髡顶为僧者，有小草坐寒毡者，有起以大慰苍生者，有墓木已拱久者，有糊口四方，金尽裘敝者，有憔悴且行吟者。"读之发人深省。想起陈寅恪先生诗句："明清痛史新兼旧，好事何人共讨论？"现在，还有人知道西湖边的东园，曾住着一位高尚不仕、刻苦著书的毛稚黄先生么？

# 陆丽京

明末清初的"西泠十子"中，陆圻（丽京）也是位颇值得一说的人物。王渔洋说他"为西泠十子之冠"，朱竹垞《明诗综诗话》亦说"杭有西泠十子诗，丽京居其首"。

读了有关陆丽京的一些材料，再看前人对他的论断，觉得还是《明诗纪事》的作者陈田最有眼力。他说，丽京的各体诗歌，劲健不及张祖望，藻丽不如沈去矜，而当时推为诗盟领袖，远近闻名，"岂不以名德足重，有在言语文字之外者耶！"其实，丽京诗风之所以不能劲健，也不能藻丽，跟他的为人是很有关系的。

先说他的不能"劲健"。劲健的人，往往很严厉，傲视世人。而丽京先生则一温温煦煦之夫子也。全祖望《鲒埼亭集·陆丽京先生事略》记："性喜成就人。门人后辈，下至仆隶，苟具一善，称之不容口。平生未尝言人过。有语及者，辄曰：'我与汝姑自尽，毋妄议他人为。'"从这里可以看出，陆丽京真正具有一种文学集团首领的品质：善于团结人，多发现别人的长处，不在背后妄为月旦，以免挑起不必要的人事纠葛。

再说他的不能"藻丽"。文辞藻丽的人往往多伪饰，浮华欺人。而丽京先生则一质朴严谨之夫子也。黄宗羲是陆丽京的

初阳台望
宝石山

好朋友，甲申之变后曾有诗写他："桑间隐迹怀孙爽，药笼偷生忆陆圻。浙西人物真难得，屈指犹云某在斯。"给予他很好的品题。后庄廷钺史案发生，丽京本来没有参加修史，只是因名气大而名列卷首，他被捕之后，大概是向清廷刑部官员讲清了这个事实，于是就被释放了。也有人说由于查继佐的受恩人、潮州总兵吴六奇大力输金营救，遂得以免究。庄廷钺史案牵连遭杀害的江南士人甚多，像陆丽京这样幸免于难的人极少，所以有人说他"先已自首，后被名捕。"（参邓之诚《清诗纪事初编》）丽京却感到于名节有亏，到黄宗羲那里奉还了那首诗，说愿意"自贬三等，不宜当此，请改月旦。"（黄宗羲《思旧录》）从这件事可见，丽京先生不是那种爱好涂饰、炫耀藻采的诗人，他还是立身有本的。陈田说他以名德见于语言文字之外，确有根据。明末江南文人以气节相尚，丽京应也算是一个。

陆丽京的结局颇神秘。王渔洋等说他"不知所终"。洪昇《答人绝句》云："君问西泠陆讲山，飘然一钵竟忘还。乘云或化孤飞鹤，来往天台雁宕间。"是说他隐居于天台一带为道士。全祖望的《陆丽京先生事略》，则说他释于狱时，叹曰："余自分定死，幸而得保首领，宗族俱全，奈何不以余生学道耶？"后来或在黄山，或在广东丹霞山，莫能寻其踪迹。他的儿子陆寅万里寻父，数岁觅而不得，终于悒悒而死，时人称孝。可见"名节"一念，在明季士人心中，一旦受伤，刺激之大，连最笃于友道人伦、性情平和的陆丽京都会去寻找出世的安顿，其他性格稍偏的人，就可想而知了。

# 魏白衣

"南屏遗墓在，碧血至今殷。"西湖南面的南屏山，草荒树密之处，有三座明代抗清忠烈之墓。一是张苍水墓，二是杨文琮墓，三是魏耕墓。当时称为"三忠"之墓。这里且说魏耕其人其事。

陈寅恪先生《柳如是别传》中，提到有一个江南奇士，曾寄书郑成功，谓"海道甚易，南风三日可直抵京口"。谢国桢先生的《南明史略》，写到张苍水孤立无援，遭清军围攻，说："正当煌言（苍水）失措的时候，在内地接应成功北上的志士们，就在绍兴祁班孙的家里开过几次秘密会议，派慈溪魏耕赶快来到煌言军中，劝他应该'再接再厉，不要气馁。北伐的军队虽然失败，但英霍山寨还有不少我们的队伍，仍可以据守'。"陈先生说的这个江南奇士就是魏耕，他是顺治十六年郑成功率舟师攻南京的主谋，也是接济张苍水坚持抗清斗争的主要联络人。两次战役虽然失败了，但魏耕的名字却没有被人忘记。全祖望的《鲒埼亭集》有《雪窦山人坟版文》，杨宾的《杂文剩稿》有《魏雪窦传》，都记载了他的生平事迹。

魏白衣早年是一个能读诗书的制衣工人，曾得贵人之助而为诸生。甲申之变后，他一心图谋大事，麻鞋草衣，奔走江湖，遍往各路义兵中效命。起兵事败之后，妻子被抓捕入狱，也顾不上救。妻子出狱后，他与友人钱缵曾、陈三岛闭门做诗，隐居于茗溪。三人皆酷嗜李太白诗，可见意气相投。魏白衣后来游会稽，又交了一个朋友名张近道。张近道好黄老管商之术，喜谈王霸，见诗人就唾骂为"雕虫之徒"，但与魏白衣等三人甚友善。因为张近道的关系，魏白衣得以结交祁彪佳的公子祁理孙、祁班孙兄弟，得以尽读祁氏在会稽的澹生堂藏书，由此诗日益工。由于魏白衣的加入，绍兴祁氏家园成为一个反清密谋的重要据点。康熙元年，被人告密，与钱缵曾、钱瞻百、潘廷聪同时就义于杭州。妻子自经，儿子发配尚阳堡充军。魏氏死节后，他的《息贤堂集》刻成于顺治十七年，屈大均最喜读，有"平生梁雪窦，是我最知音。一自斯人死，三年不鼓琴"的嘉赏。

关于魏白衣的性格，当时人品评颇不一样。全谢山说他"性轶荡，傲然自得，不就尺幅。"（《雪窦山人坟版文》）钱牧斋极口称赞他为"李翱、曾巩之亚，今世士流，罕有其俦，而朴厚谨直，好义远大，可与深言。"（《牧斋尺牍》上《与吴梅村》）这两种说法都是真实的。说他"轶荡"，是指他的生活方式。"先生于酒色有沉癖，一日之间，非酒不甘，非妓不寝，礼法之士深恶之，惟祁氏兄弟竭力资给之。每先生至，辄为置酒呼妓。"（《雪窦山人坟版文》）说他"朴厚谨直"，是指他的政治斗争品质，说干就真干，一往而不返。曾遣死士致书郑成功；失败后，又参与张苍水的浙东抗清大事；后被汉奸出卖，被捕不屈死节。陈寅恪先生引录全谢山文，而删略了"酒色"一段，目的是为避免枝蔓，但对于了解魏白衣其人，毕竟是不全面的。死节的忠烈之士，不是程朱门下谨言慎行的礼法之人，而是陆王堂上壮怀激烈的热血之士，这是明末士风的特点之一。

在钱牧斋的《有学集》中，往往有魏白衣的友人如朱士稚、陈三岛的名字出现，却不见涉及魏氏。陈寅恪先生说：

> 牧斋此数年间屡至苏州，绝非仅限于文酒清游，实有政治活动。观其假我堂文宴互与酬和之人，皆属年辈较晚，阴谋复明者，如归玄恭、徐祯起等。可以推知，当时魏氏或亦曾参与此会，但以郑延平（成功）攻南京失败之后，清廷追究主谋，魏氏坐死，同党亦被牵累，后来编《有学集》者，殆因白衣之名过于显著，遂删去牧斋与其唱和之作耶？俟考。

这是从反面看问题，从没有文字的地方看出文字，是最值得考据家学习的本领。

# 陈老莲

　　有一件关于西湖的怪事，不见有人提起，我也百思不得其解，这就是西湖两堤的柳树被"剃头"。陆次云《湖壖杂记》云：

　　　　两堤垂柳，余幼时及见其盛，明鼎移时，皆罹剪伐。陈洪绶曾写一图，自题其上曰："外六桥头杨柳尽，里六桥头树亦稀。真实湖山今始见，老迟行过更依依！"若幸之，而实惜之也。每放步其间，不胜张绪当年之想。

　　剪去了烟柳的西湖，就像一个看破红尘索性做了尼姑的绝代佳人，煞是可怜兮兮，教人不敢想象。陈老莲竟然画成一图，岂不是有点达利笔下怪诞、戏谑的蒙娜丽莎的味道？

　　今人著的绘画史，确是将陈老莲当作怪诞派画风的鼻祖之一。他画的《水浒》人物四十人，据说个个夸张变形，清奇丑怪。又有人曾见"老莲画梅花，故作支离肥白"，问他何故，答曰："须悬五六步看耳。"老莲有好友黄子立，曾将老莲画的《博古牌》摹刻于石。老莲死后，有一天，黄子立慌忙叫妻子准备入殓下葬的衣服，说：刚才见到老莲了，老莲在阴间画的《地狱变相》已成，邀我前去做石刻。可见老莲怪诞画风影响之广，无远弗届。

陈洪绶先生像

　　然而老莲画意，并非一味僻古野怪争奇。《山静居画论》说："章侯山水花卉，类有平淡天然之作。"陈氏自己也说："今人作家学宋者失之匠，何也？不带唐流也。学元者失之野，不溯宋源也。如以唐之韵运宋之板，宋之理行元之格，则大成矣。"还是十分讲究传统中的"韵"与"格"之美。而且，老莲其人，亦是明末忠义有节之士，其怪诞寒荒的画风，实包含着心中无限孤愤。全谢山《鲒埼亭诗集》中有《明陈待诏老莲画》一首，最早表彰其画风所蕴含的深意。诗云：

　　　　白门待诏真臬兀，此头可断腕不屈。

陈洪绶《山水册》

名王为唤美人来，一笑挥毫怪呐呐。

酒阑午夜梦魂醒，翩然而逝疑飞越。

谁言此老空清狂，个中心事良勃窣。

故都已哭钟山陵，故乡重吊青藤碣。

板桥花柳逐逝波，刿溪松楸伤野窟。

萧疏为写岁寒姿，春花傍得冬株苗。

招魂一曲万古愁，中有畸人不朽骨。

清兵下浙东时，在围城中搜得陈老莲，大喜，命老莲画，刀刃相迫之下，老莲不画。以美人诱之，老莲画后，当夜抱画逃逸。这就是全谢山诗前半部分的本事。全氏在诗序中说："呜呼！老莲好色之徒，然其实有大节。"其画为枯木，附以水仙，完全是奇怪一路。然正如全谢山诗所云，枯木乃"岁寒姿"，水仙乃寄寓"冬株苗"的招魂之意，与归庄的《万古愁》曲一样，皆为畸人风骨之作。今人动辄以个性自由标榜，以"封建社会世纪末腐朽黑暗与压迫的产物"来评价晚明画风，甚而比附西方的达达画派，恐怕不能真正切近历史的心灵深处。

# 张煌言

　　张苍水与郑成功，为明末民族英雄中并峙之双峰。以身后声价与历史贡献而言，则郑成功为第一，张煌言为第二。然以反抗异族之顽强斗志与故国光复之固执宏愿而言，则张煌言为第一，郑成功不得不为第二。因为张煌言死战被捕，砍头不屈，而郑成功则做了海外扶馀王。张煌言虽长于陆战，却是一知其不可为而为之的理想主义者。郑成功虽长于水战，却是一踏实谨慎的现实主义者。倘若说事业之波澜壮阔、功名之大开大阖，则郑成功几番出师之后，放弃抗清，退守台湾，因而打败荷兰红毛鬼子，可谓"失之东隅，收之桑榆"，成就了双料民族英雄。然而倘若说宁进一寸死、不退一步生，死心踏地地做那移山不止的愚公、填海不息的精卫，则张煌言以丹心碧血，凝就的是千古不朽的人格。中国文化向来主张不以成败论英雄，对于郑成功的功业我们崇敬他，对于张煌言的虽败犹荣，亦应给予同样崇高的地位。

　　看历史往往有情感与理智两种态度，两种态度都有合理性。在顺治年间，郑成功的退守台湾，对江南与三闽的抗清运动，简直是一次严重的打击。用陈寅恪先生的话来说，"乃失当日复明运动诸遗民之心，而壮清廷及汉奸之气"。当时，张煌言的名篇《上延平王（郑成功）书》说："区区台湾，何预于神

张苍水墓

州赤县？……夫"虬髯"一剧，只是传奇滥说，岂真有扶馀足
王乎？"陈寅恪《〈霜红龛集·望海诗〉云："一灯续日月，不寐
照烦恼。不生不死间，如何为怀抱？"感题其后》诗云："不生
不死最堪伤，犹说扶馀海外王。同入兴亡烦恼梦，霜红一枕已
沧桑。"也是说郑成功之举使明遗民陷入"不生不死"的苟活
心态。这是情感的态度，没有这种态度，看历史就不能够对古
人有同情的了解。但是光有情感的态度是不够的。陈寅恪先生
又说："然则延平急于速战速决之计既不能行，内地接济复被断
绝，则不得不别取波涛远隔、土地膏腴之台湾以为根据地……
若迟延过久，则颇有引清兵攻厦门之可能……故延平帅舟师速
退，亦用兵谨慎之道。其主旨虽与张苍水辈别有不同，未可尽
非也。"这正是理智的态度。

　　看历史需有史家的同情，亦需有哲学家的讲大义、察人心。

历史无论如何沧海桑田，人心正气终究是定海神针。黄宗羲撰写的《张苍水墓志铭》说得真好：

> 语曰："慷慨赴死易，从容就义难。"所谓慷慨从容者，非以一身较迟速也。扶危定倾之心，吾身一日可以未死，吾力一丝有所未尽，不容但已。古今成败利钝有尽，而此不容已者长留于天地之间。愚公移山、精卫填海，常人藐为说铃，贤圣指为血路也。是故知其不可而不为，即非从容矣……间尝以公与文山并提而论，皆吹冷焰于灰烬之中，无尺地一民可据，止凭此一线未死之人心以为鼓荡。然而形势昭然者也，人心莫测者也。其昭然者不足以制，其莫测则亦从而转矣。惟两公之心，匪石不可转，故百死之馀，愈见光采。文山之《指南录》，公之《北征纪》，虽与日月争光可也。文山镇江遁后，驰驱不过三载；公丙戌航海，甲辰就执，三度闽关，四入长江，两遭覆没，首尾十有九年。文山经营者，不过闽广一隅，公提孤军，虚喝中原而下之。是公之所处为益难矣！

这段文字，对张煌言"死留碧血欲支天"的奇情壮志，对他"吞炭可共论"的血路人生，作出了精辟透彻的表彰。黄宗羲不愧为哲人，哲学家所具有的眼光，有时是在纯史家之上的。

# 岳王庙

　　如果西湖的濛濛烟雨、苍翠万状之中，没有了青山埋忠骨的岳王庙，就好比《四库全书》只剩残诗零词，而缺了经史典籍；好比空山古寺里只剩青烟木鱼，而听不见晨钟暮鼓；好比中国的历史只剩下六朝五代，而没有了先秦两汉；好比陶渊明的诗歌里篇篇饮酒，而没有耻事二姓，以及张宗子的《湖心亭看雪》，只剩下一点一芥一粒一痕，而没有结尾那更"痴于我"的金陵人。西湖因为有了岳王庙，正如那湖畔的翼然一亭有了厚重的础柱，正如生活中贯注了理性、历史中建构了道义原则、生命中有了重量。所以，说到江南文化的文心诗眼，不能没有顾亭林与陈寅恪；说到西湖风物的面面有情，不能不去看有情有义的岳王庙。想当初岳飞被诬遭杀，尸骨弃于钱塘门外瓦石杂丛之间，一轮孤月照见，几个狱卒，偷偷祭酒安葬忠臣遗骨于九曲丛祠，那天夜里的苍茫月色、离离荒草，终化而为后来的日月经天、青松匝地，这正是天道有常，大哉乾元。再往前想，北宋年间，苏东坡在望湖楼醉书七绝，说："献花游女木兰桡，细雨斜风湿翠翘。无限芳洲生杜若，吴儿不识《楚辞》招。"感叹西子湖之美太过于轻浮空灵，西子湖的女儿不懂得潇湘云水的沉郁苍茫。可是过了几百年，柳如是游西湖，写完了

岳王庙正殿

《西泠》十首、《西湖八绝句》之后，终于又写下了《岳武穆祠》诗，一开口就气象不凡："钱塘曾作帝王州，武穆遗坟在此丘。"恰也遥遥应和了战国时代的义士颜阖的名言："生王之头，不如死士之垅。"帝王的故事如六宫花草随流水，岳王的风姿则青山依旧，静看钱江潮起潮落。婉转依楼之小妇也能唱出："海内如今传战斗，田横墓下益堪愁"这样富于楚辞声调的歌吟，可见有了岳王庙，美丽的西子湖真的变得庄重端淑、深明大义，文化生命越发成熟长大了。袁子才的《绝句》说得明白晓畅：

> 江山也要伟人扶，神化丹青即画图。
> 赖有岳于双少保，人间始觉重西湖。

明中叶重臣于谦，也是爱国忠臣，也封少保，也葬西湖，"岳少保同于少保，南高峰对北高峰"。另一民族英雄张煌言，明亡后，坚持抗清斗争十九年，后被俘，殉难于杭州官巷口。南屏山下有张苍水的墓祠。张苍水写有《忆西湖》诗，正是一首诗谶：

> 梦里相逢西子湖，谁知梦醒却模糊。
> 高坟武穆连忠肃，添得新祠一座无？

这首诗写得视死如归，壮怀激烈，似乎是命定地朝着不朽的地方走去。后来清代的吴鼎元作《南屏山谒张忠烈公墓》："君不见西泠桥边岳武穆，八盘岭下于忠肃，一片孤忠两地同，与公鼎峙成三足。"真可谓"道生一，一生二，二生三，三生万物"。宋末、明末，民族的浩气流行，添得山川人间多少英气，反衬出历代醉生梦死的西湖游客，生命是那样的琐屑无聊。西方的诗人写诗在纸上；中国的诗人写诗在青山、在松涛、在湖畔长

岳飞墓

青的春草上。西方的英雄，画在布上，雕在石头上，放在博物馆中；中国的英雄，神化丹青，天开图画，点缀于湖山万绿丛中，与青天白云同为不朽的存在。

说到中国文学家的文武兼美，便不能不说到岳飞《满江红》一词的真伪问题。夏瞿禅先生《论词绝句》："八卷《鄂王家集》在，何曾说取贺兰山？"从地理角度，认定《满江红》词为明代弘治年间人伪托。余嘉锡先生《四库提要辩证》，详考版本，不见宋、元人著录此词，也认为它为赝品。饶宗颐（选堂）先生曾亲见河南汤阴岳王庙天顺二年王熙手书《满江红》石刻，而词中用贺兰山字眼，乃借用回纥地名而已，故认为夏说实不可从；又考证《历代诗馀》引宋人陈郁《话腴》，提及《满江红》词，故余嘉锡说亦不可从。历史考证的最终目的，乃证真而非证伪，证明历史深处活的精神生命存在，意义大于斤斤于版本屑末之事，因而，我愿投饶选堂先生一票。本来，历史的真实不必因为文学的虚构而存在，但是没有文学赋予历史一种心灵的性质，历史也不过是一些事件的堆积与干枯的因果。所以，在看得见心灵的人那里，可能你说的虚，恰是我说的实。清末遗民朱孝臧谒岳王庙词云："大木无阴，浑不似，众芳凋歇。相望处，灵旗风雨，于今为烈。终古之心坚如铁，何人手植无年月。""何人手植"，倒是一件很虚的事情，"终古之心"，确是一个很实的存在。

## 【附记】

据友人告知，近年来史学界十分活跃，新说迭出。关于岳飞，有人说他不是民族英雄，因为金、辽现在都是属于中华民族了。于是电视里一个评书说岳节目也停播了。又有人说，岳飞不是被秦桧害死的，他的死是他所代表的武人集团与南宋文人集团长期倾轧的结果。关于这些新说，我觉得有点像瓷砖上写字，雨水一洗就没了。知识人有时不如老百姓更懂中国历史，去岳王庙看一看，就知道了。

# 白娘子

　　"秋高稻熟时节，吴越间所多的是螃蟹，煮到通红之后，无论取哪一只，揭开背壳来，里面就有黄，有膏；倘是雌的，就有石榴子一般鲜红的子。先将这些吃完，即一定露出一个圆锥形的薄膜，再用小刀小心地沿着锥底切下，取出，翻转，使里面向外，只要不破，便变成一个罗汉模样的东西，有头脸，身子，是坐着的，我们那里的小孩子都称他'蟹和尚'，就是躲在里面避难的法海。"（鲁迅《坟·论雷峰塔的倒掉》）鲁迅先生这样娓娓细说白娘子的故事，他用小孩子式的顽皮，表达中国民间复仇精神的不惊不乍、从容有致。于是白娘子最终出了一口气，倒不在于西湖边雷峰塔轰然一声倒下。不管怎么说，法海和尚永远是在人们的戏谑中遭凌迟，天道正是这样的悠然而公正。

　　白娘子自然是天界思凡的女子。但是天道毕竟是一个"一"，而世间则是无限的"多"。天道是不能完全妥妥帖帖应和着、顺适着世间的驳杂形色。人世间恰如清明时节西湖的香市——那进香之人，市于三天竺、市于岳王坟、市于湖心亭、市于陆宣公祠，无处不成市；那胭脂口红、簪珥坠儿、牙尺剪刀，以至经书木鱼、孩儿嬉戏之具，无物不汇集，热闹而多样。

雷峰塔

　　而在此热闹而多样之中，白娘子单单看上了许仙，她直觉的多情而任气，只晓得天上情，不懂得人间法，于是没有顾虑计较，没有试试玩玩，连一点这样俗气的心思都没有。看上了就是看上了，就请老天帮忙下雨，第二天就开口提婚事，就成家也立业，就生小孩子。如经书上说的"大乐必易，大礼必简"，恰也如天道般直证真如。然而此乃天定的悲剧，就这样开始时已经注定了。

　　有一天我细细想来，恍悟白娘子是决不会向许仙隐瞒蛇身的。发明这个故事的人，根本就是要让她现出那法海所说的"妖"样，要吓许仙一个半死才好。白娘子可以偷官库，可以逃官捕，可以造反，可以水漫金山，但是，就是不会真的骗许仙过这好不容易的一辈子。所以白娘子不吃端午节里的雄黄酒，就不是白娘子了；白娘子若是接了酒饮了，又不现出真身，她也不会是白娘子。夫者天也，白娘子素面朝天。这是喜剧，也是悲剧。我讲到这个地方——"那帐底上盘着一条碗口粗的白蛇",我女儿听了觉得好玩;但是我讲到守仙草的白鹤童子哈哈狞笑着要来吃白娘子,女儿会抓紧我的手,不准再讲下去了。这也是个天道的纯直觉,只是她不晓得罢了。

　　白娘子是许许多多有情有义的江南女子的化身。她决不是"皎皎洁妇姿,冷冷守空房"的秋胡妻,更不是熟诵《女范》、俨如人师的班大姑,也不是"婉转娥眉马前死"的杨玉环。白娘子是原初母系社会野女人的一往直行,没有回环顾盼。她用血,用充沛而原始的产妇之血,用生命洋溢的新生儿的啼唤,吓走了白鹤童子,重新赢得中国女性生命中真正的华鬘俨然。而许仙只是一首鼠两端、粘粘滞滞的中药房里的凡夫俗子,所以他终究要听法海的话,白娘子央求他不要上金山寺,他是身不由己要去的。在冯梦龙的《警世通言·白娘子永镇雷峰塔》的故事中,原本并没有多少法海的戏,这可能更为深刻。但是许仙毕竟老实,那个收妖的钵,他要是不往白娘子头上一罩,他就不是许仙;他要是罩上去了而不是泪流满面,又要去死命地拔,他要是扳得下来,也不是许仙了。这里面有许多人世间的悲剧性,有许多人世间的无奈与限制。陈寅恪先生诗曰:"惟有深情白娘子,最知人类负心多。"他用了"人类"一词,包含了多少不可言的透骨悲凉。从表面上看,许仙与白娘子不能结合是人仙相隔,而从根本上说,则是天上人间的生命背景的隔绝不通。白蛇娘子的儿子中了人世间的状元回来,他要在雷峰塔下拜三拜,而据说这样一来塔就要倒。传说雷峰塔倒,西湖水干，于是杭州人都恐惧起来，拽住他不让拜。母子天性，终于屈从于人世间的俗理常情，这也是天道的无可奈何。

然而塔终归是要倒的，鲁迅先生说得不错。但是他更智慧的一句话——虽然真实得近乎残酷，是：

然而我确乎早知道雷峰塔下并无白娘娘。

# 谁　庵

　　杭城湖山，名刹众多。上列三十七寺外，尚有天竺三寺、净慈寺、灵隐寺及宋宫旧址所建报国、兴元、般若、小仙林、尊胜五寺等。其他寺、院、庙、庵数不胜数。史书载较有名的尚有：南屏兴教寺，广教、宝相、显圣、法性、空律、惠照、净相、云栖、广果、净梵、修吉、法宝、旌德显应、崇德显应、永隆、永寿、龙华、善慧、佛慧、奉先、香积、慈云、潮鸣、菩提、仙林、百法、宝奎、宝严、开宝仁王、去居、圣水、大慈、柳洲、嘉德、永寿、护国仁主、净性、宝云、七宝、瑞隆等等，或寺或院，散居各处。由于寺庙密集，自然形成灵隐与天竺，吴山与南山，孤山与北山相连的寺院群。南山梵钟回响，北山台殿高耸，佛寺隐于麟石丹枫之间，正如古人所赞"楼殿香生翠蔼间，乍到只疑天路近"。

　　冷晓先生的《杭州佛教史》，用力甚劬，网罗齐备，使湮废遗忘于历史之中的高僧道人又宛然生还，为我们想象千百年来武林名刹香火之盛、梵呗之美，提供了绝好的材料。只是"南

西溪交芦庵

朝四百八十寺，多少楼台烟雨中"，烟雨巷陌边那星星点点的野花杂草，尤其难以被史家的巨眼光顾。

谁庵，不知始于何代何年，亦不知其属南山北山。实在让人欢喜难忘这样一个富有禅意的名字。记载见于清人陆次云的《湖壖杂记》：

一亩田，在武林门内，有谁庵者，僧静然主之。静然晨夕焚修，诵经不怠。于顺治戊子元旦，方宣梵呗，有鼠窥于梁。嗣后每叩鱼声，其鼠即至，渐乃由梁及户，由户及几，僧呼："鼠子！尔来听经耶？"鼠即点首，蹲伏《金》经之右。经止，乃徐徐去。率以为常。如是逾年。一日者，复来听经，经毕，向僧如作礼状。礼毕，寂然不动，僧抚之曰："尔圆寂耶？"已涅槃矣。越数日，体坚如石，有栴檀香。僧为制一小龛，塔而瘗之，如浮屠礼。

一座佛寺，亦是一个社会。只要有心灵的存在，就会有心灵的交流。每当我深夜读经史诗文，读到精彩之处，恍然也"但觉高歌有鬼神"。这时候，我会想起这座谁庵，这只灵鼠。于是我想起陶渊明的田园生活中，为什么会有那么多花草树木、飞鸟白云，听得懂陶渊明的语言，成为他最亲密的朋友。我也想起张承志为什么要说，在他的草原世界里，最难忘的朋友不是人，而是那秃尾巴的羊、瞎眼的狗以及断角的牛。生命的感通，封闭不住，总是要求着感而遂通，求慰藉、求润泽、求所亲，连佛家那样枯寂的生命也不例外。佛家讲了那么多的感应故事，其实从本质上说，正是求慰藉、求润泽、求所亲，是孤独的生命的本质要求，就像这个不知名的小庵里发生的事情一样。

作者记"鼠子"如此生动可爱，又令人想起动物世界的太初有道，想起《诗经》"七月在野，八月在宇，九月在户，十月蟋蟀入我床下"，俨然有洪荒远古生灵蠢动的寂寞庄严。小小一只灵鼠，使谁庵之可传，亦不啻天竺灵隐之钟声落天半，经台自古今。聊记此，以添补杭州佛教史一段佳话耳。

## 【附记】

明遗民诗人胡介曾隐居一亩田。据邓之诚《清诗纪事初编》，胡介所居一亩田，又名旅园。胡氏《赠别蒋谁庵》有句云："云残月起三生路，地老天荒一个臣。"蒋谁庵与谁庵之关系俟考。

# 断　桥

　　上有天堂，下有苏杭；不去不知，去了失望。非我辈大胆唐突胜迹也，古人早已先我言之矣："虎丘，宜月，宜雪，宜雨，宜烟，宜春晓，宜夏，宜秋爽，宜落木，宜夕阳，无所不宜。而独不宜于游人杂沓之时，盖不幸与城市密迩，游者皆以附膻逐臭而来……"（李流芳《江南卧游册题词·虎丘》）道破了苏杭的不幸，也道破了现代人与真正的美的无缘与不幸。

　　于是只能卧游，只能于神游冥想之中寻觅那依稀的倩影，于是每每魂梦萦绕，虎丘的残月，西湖的断桥。

　　宋人徐俯《春日游湖上》诗云："春雨断桥人不渡，小舟撑出柳阴来。"真是"西子"最动人的一帧小照。为什么偏偏他写得出，你写不出，我写不出？这乃是"西子"作为"处子"时的小照；不是"名闺"，更不是"名妓"时的明星照，因而殊堪珍爱。因而恨不得把天下写断桥的好诗，都移作西湖上看。

　　陆游诗："断桥烟雨梅花瘦，绝涧风霜槲叶深。"放翁爱梅花，更爱那"驿外断桥边，寂寞开无主"的梅花。瘦花、断桥、深叶、绝涧，便有一种无限的要眇。朱翌《点绛唇·梅》词云："流水泠泠，断桥横路梅枝亚。雪花飞下，浑似江南画。"说出了一种典型的江南之美。因为这句词，又颇怀疑断桥原来是跟大雪有关，断桥或许不是真正的"断"桥。唐求《晓发》诗云："几处晓钟断，半桥残月明。"因为这句诗，又颇怀疑断桥原来跟月光有关系，或许是月光迷濛疏影横斜之中的一种残败的心境。而刘长卿《碧涧别墅》诗中的"野桥经雨断"，岂不是明白说出断桥之"断"，乃是烟雨空灵所致，乃是跟"断鸿"、"断雁"、"断梦"等词儿一样，多半含有同一类的情感成分。可是，无论大雪压枝，还是月光浮动，或烟雨空濛，我都不在。我无缘于断桥之美。

然而西湖还是应有这么一座真的断桥。不然，何以如此多诗人词客吟咏她？范成大诗："孤山山下小斜桥，客魂曾共暗香飘。""斜桥"即是"断桥"。用法出于庾信"桥久半断"诗。张祜《孤山寺》的"断桥荒藓涩，空院落花深"写的是同一个地点。词就更多得不得了。吴文英《西子妆慢·湖上清明薄游》："笑拈芳草不知名，乍凌波，断桥西堍。"《忆旧游》："西湖断桥路，想系马垂杨，依旧斜。"不知为何，断桥总与客愁、羁恨，以及斜阳、烟柳等伤心事相联系着。如刘辰翁《摸鱼儿》词云："少年天涯恨，长结西湖烟柳。休回首，但细雨断桥，憔悴人归后。"又如张炎《月下笛》词云："半零落，依依断桥鸥鹭，天涯倦旅，此时心事良苦。"因而"断桥"在中国诗人的心目中，具有与"南浦"、"灞桥"等同的一种销魂意味。"别来此处最萦牵，短篷南浦雨，疏柳断桥烟"（赵长卿《临江仙》），正是拈出了此意。李流芳《题断桥春望图》云：

　　往时至湖上，从断桥一望，便魂消欲绝！……壬子正月以访旧，重至湖上，辄独往断桥，徘徊终日。翌日为杨谶西题扇曰：十里西湖意，都来在断桥……

　　此公不仅一游再游，且有诗、有文、有画，何等福缘！惜我与李流芳不认识，独自浮一大白而已矣。

# 桂　香

　　我一下火车，很快就打了一部的士。杭州的交通也很堵了，我正烦着，忽瞥见司机放茶杯的凹槽里，竟放了一大把金黄色的桂花末子，已经有点干了。司机是个胖小伙子。

　　"这桂花，人家送你的呢，还是你自己采的？"我有点惊喜。

　　"也不是送的，也不是采的。你到西湖去，桂花都在掉了，你把衣服往树下一铺，不一会儿，就兜得满满的碎花末子来。"

　　"杭州人真会享受。"我想起两句诗来：醉后飞花满巾帻，真成金粟卧如来。

　　"啊啊，桂花是好东西。我教你，让桂花末子慢慢阴干，喝龙井茶，洒上一点，很好喝，还有滋润脾胃的作用。你可以试试。"

　　这个胖小伙，生性开朗，休息时喜下茶馆，与三五个好友喝茶。虽然，他每天才做几百元的生意，"有一天才做了二十四元。开车越来越没意思了。"毕竟是车照开、茶照喝。

　　在恒庐吃蟹，吴志宏请舒教授一家和我。餐后往柳浪闻莺散步。穿过新修的西湖博物馆，朗月在天，湖水空濛，桂香弥漫在夜晚的林间小道。古人不有诗乎：夜朗江月大，天香桂一枝。

　　舒教授问我："上海有没有桂花？"

　　我想起一周前的上海桂林公园，排长长的队买票，人山人海的游园，幽兴全无。我回答："上帝对杭州人偏心。"

理想中的桂香正是这样的：

> 桂子月中落。天香云外飘。
>
> 遥想吾师行道处，天香桂子落纷纷。
>
> 山寺月中寻桂子，君亭枕上看潮头，能不忆江南？

为什么桂香在古人那里有"行道"的感觉？为什么只有桂香才算是"天香"（兰香为国香、梅香为暗香、菊香为冷香、荷香为清香等）？在上海那样的水泥世界里是无从悟出的，只有在西子湖畔才有答案：这种香是最通透的、最空灵的。香意特别开阔，特别无牵无挂，直从月宫里飘坠而下，又满遍人寰。其意肯定、真切，有酒酿的感觉；"天香"为天下人平分温暖厚实、人间可亲的美好秋意。

在中国美院做国学讲座，为该院国学系列第一讲。共两讲，十月十八日：《中国诗的文化心灵》，十月十九日：《读经与自由与转型时代》。是为记。

二○○五年十月二十四日

【附记】

白乐天诗：偃蹇月中桂，结根依青天。天风绕月起，吹子下人间。自注云：杭州天竺寺有月中桂子。

杭州天竺寺人云，每岁秋中，尝有月桂子堕。余初未之信，及观皮日休诗有云：玉颗珊珊下月轮，殿前收拾露华新。至今不会天中事，应是姮娥撒与人。白乐天《东城桂诗》亦云：子堕本从天竺寺，根盘今在阆闾城。当时应逐南风落，落向人间取次生。（刘绩《霏雪录》）

张子韶《忆天竺月桂诗》：湖上北山天竺寺，满山桂子月中秋。黄英六出非凡种，肯许天香过别州。自注云：天竺桂花六出，他州无本。

# 老龙井

由于偶然的原因，我近年来多次往杭州，渐留意于西湖边上一个叫做老龙井的地方（又名"十八棵"）。由渐知而渐熟，西湖的另一些风景，有时竟也因它而黯然。因着这样的相知，我才发现，一方面，西湖三百里山山水水，远远没有被我们所完全了解；她的很多秘密，迄今为止，还藏在历史与自然山水的幽深处，等待着有心人去发现。另一方面，现代人对西湖风光的重新建构，其实也同时遮蔽了西湖的另一种美。建构与遮蔽，某种意义上来说，也是同一个东西。这教我们对于自己时代的美学，需有一份足够的警惕。

我相信，对于数千年中国传统的美学经验，与其说是建构与阐释不足，不如说是发掘与恢复更加不够。"发掘"其实有两个方面的工作：一是从地貌环境上尽可能恢复其本来面目；二是从历史文献中去发现前人的思想和智慧的遗产。这一点也是相当不够的。我原来以为有关西湖的文献已经发掘整理得差不多了，其实有很多好东西大家并不一定知道。

比如我现在所说的这个老龙井，恰恰就是宋代龙井寺的所在地，其文化涵量之深厚，足以称为江南文化的一口深井。由于明代龙井寺的转移，时过景迁，老龙井真的成了一口久远的荒井，深深地被历史所遗忘了。近千年下来，老龙井一如乱世中远嫁的公主，早已"人间蒸发"。最近一二年，宋龙井却又在建构新西湖的工程中，重被发现。靠着政府的力量，协调各方，在并不损害茶农的利益的前提下，也渐渐恢复了宋代龙井寺的一点旧面孔，渐为人知，而成为西湖边上一个新的公共休闲游玩之地。老龙井的历史文献，却依然沉埋于忘川之中，连明人造假的那块米芾书碑，也无人知其下落。

然而老龙井毕竟是老龙井，给我的第一印象是幽静，如宋瓷一样真正的静气。记得第一次去老龙井，是夏天。车子刚绕入"十八棵"的山道，气温就骤然凉爽下来，只见茶楼前的树荫匝地，泉水汩汩，好一个满目清翠的清凉世界！茶楼前那两棵大树，一棵七叶树，一棵大樟树，皆有参天之势。在树下饮茶，有人世悠悠之感。让人心底里一声欢喜唱叹：噫！原来西湖边上还有这么一个美好的所在，终于可以远离了烦嚣热闹；原来西湖佳山水寻寻觅觅，终不负有心人，可以在此求得诗人文士真正的趣味。我这里的说法绝不夸张。因为，随着杭州的城市化、现代化，西湖其实已经非常大众化、平民化和商业化，其实已经很难觅到一方清净之地，不要说一方吟诗作赋之地，就是一方安静休闲的空间，也似乎很难觅得了。我们当然不能说，中国文化的美学经验就等于士大夫的美学经验，但是近百年来，这种精英的美学经验有没有真正得到重视，其实仍然是一个问题。我从不反对西湖的大众化平民化，我也多次为新西湖消除了"军阀割据"而兴奋。但这丝毫不能阻止我像向往宋瓷那样，越来越向往珍视老龙井这样意味悠长的所在。

　　当然，只是这样说是不够的。老龙井的美，已经十分农家化了。你看它的茶坡、它的采茶女，完全没有"深宫无人春日长，沉香亭北百花香"的贵族气。你在这里可以大吃最正宗的杂粮、野菜和浓香的鸡汤。你也可以从季节的变换来感受老龙井。譬如春天的老龙井，一切都在复苏生命。一开始是满山的檫树，鹅黄嫩叶，明亮醒目，喜气迎人，如元宵节里高擎的宝灯迎新。接下来就是映山红，以及青青草色如绿裙。再后来就是野山茶花，野百合，野菊花，夹道盛开，粗服乱头，满眼都是盎然生机。那一株五百年的老白梅，竟也引得蜂狂蝶舞。犹记得今年的初春时节，在老龙井听鸟语，是一大享受。站在郎当岭的茶坡上，闭目凝神。和风拂面，甘之如饴。莺语虫鸣，三三两两，馀音袅袅，若远若近，忽断忽续，听之听之，不知心何时已醉矣。

　　但是，我仅仅这样去读老龙井，仍然是不够的。老龙井不仅是"树大"、"山深"，更是"人老"。我渐渐知道，那里有北宋文化里最重要的高人韵士。北宋元丰元祐间，以名僧辩才法师为中心，东坡、苏辙、秦观、参寥、米芾、赵抃等，一时名胜，云虎相从。古人早就感叹说当时"瑰词藻翰，衣被泉石；人境之胜，甲于西湖"。他们留下了不少诗、文，书法与哲学、宗教，文献记载相当丰富。如果我们从北宋文化高峰的角度去读解老龙井，那就可以有一些十分意外的收获。

　　举一个例子，老龙井的水很好，矿物含量适中，品质极为纯正。但是，古人其实正有自己非科学的一种解释。我在做辩才法师的年谱时，发现一条材料，是辩才法师对秦观解释老龙井的泉水为什么好。秦观写道：

> 是岁余自淮南如越，省亲过钱塘，访法师于山中。法师策杖送余于风篁岭之上，指龙井曰：此泉之德至矣，美如西湖不能淫之使迁，壮如澜江不能威之使屈，受天地之中，资阴阳之和，以养其源。推其绪余，以泽于万物，虽古有道之士，又何以加于此，盍为我记之。余曰唯唯。（秦观《淮海集》卷三十八《龙井记》）

此番话的意涵，至少有两点可说：

首先，秦观所述辩才此语，即隐含孟子所谓"富贵不能淫，威武不能屈"。可见辩才法师胸中，华夏文化学养之深厚，以及道德实践功夫之深厚。仅此即可见，北宋佛教高僧，其中西学养已臻于融化之胜境。辩才法师与苏氏兄弟等诗人之交往，不可仅视为一般所谓僧俗之交往而已，实有甚深之文化意涵存焉。

其次，"受天地之中，资阴阳之和，以养其源"。这不仅是泉水好的理由，而且是做一个"有道之士"的理由。既不受过于阴性的环境所熏染，也不受过于刚性的环境所压迫，今天来看，亦不失为一种启示意义。我由此想到今天诗人艺术家的文化生态。要么，被市场所俘虏，成为出卖自由，为资本而"艺术"的奴隶；要么，被权势所诱骗，成为出卖独立性，为权力

米芾书辩才法师《龙井方圆庵记》拓片

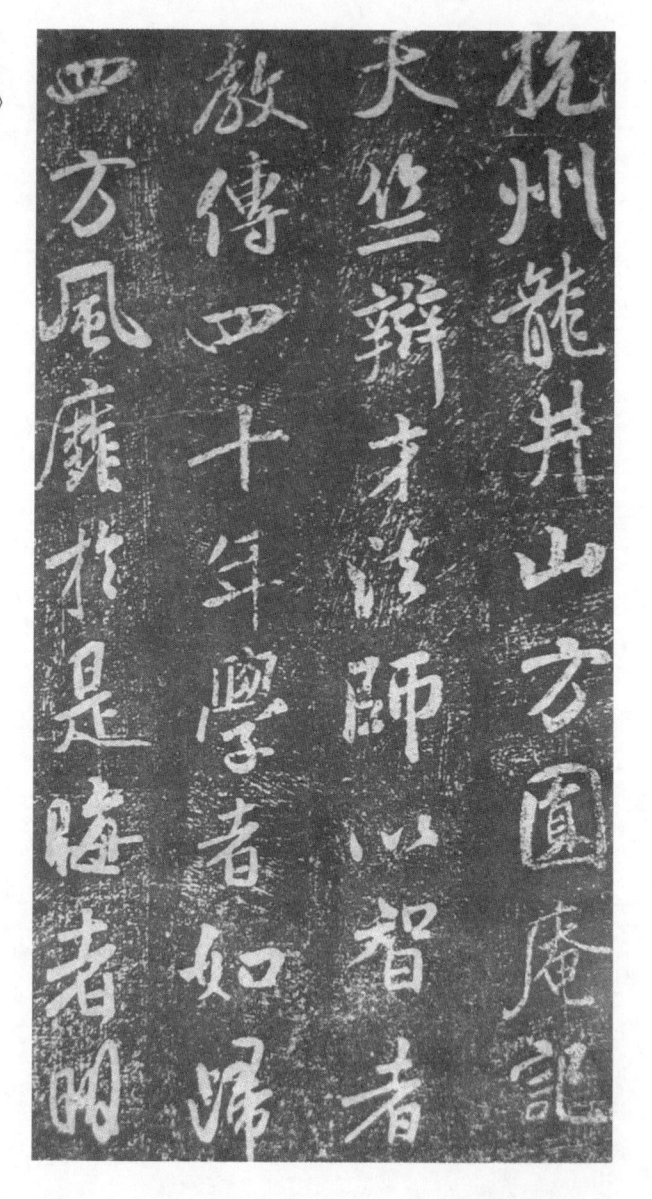

而存在的附庸。如何保持精英知识人文学的独立性，这里不失为一种文化思想的参照。

记得牟宗三说过，中国哲学是一种"启示语言"。其实中国文学也是如此。有这样的语言，西湖就向我们展示了她的另一面：深邃含藏，而又明白自然；亲切随意，而又严肃重大。更重要的是，切近人心，而不仅是从生命的边缘滑过。

这里，我还没有来得及讨论辩才法师的方圆庵的哲理、东坡与辩才的对话内容、辩才时代老龙井十景的诗意，以及米芾的书法和秦观的散文。我已经决定夏天里要在老龙井住上几夜，谛听深夜的虫声与树语。

在结束本文之前，我不能不提到前几天的《文汇报》有一则消息，老龙井的"十八棵御茶"，第一次采的初茶，卖了中国茶叶的天价：15万元100克。

只有靠乾隆皇帝来提升西湖龙井的知名度，来提升老龙井的价值，这是西湖和老龙井的悲哀；只有靠官本位的传统来强调中国本土品牌的威权与力量，无论是精神的还是物质的，这也是当代文化的悲哀。中国江南文化的美学经验，究竟应该由什么方式来讲述，以及提供这样的经验来做什么？其实还是一个问题。

如果以为这绮罗香泽、橹声光影的
世界就是江南文化的孤怀心事，那
就错了。笙歌鬓影的背后是剑气箫
心，花泪红销的尽处是鹃魂化而为
碧血。

姑苏文心

# "记得那人同坐"

题目是"扬州八怪"之一的冬心先生的一句词。

有朋友自江南春游归来，递给我看一大摞相片，有苏州的园林，扬州的市景，无锡的湖光，绍兴的桥，富春江的水与烟柳。朋友在一旁指点河山，激扬唾沫，充溢了抒情的自足。

"你不能懂得江南的美。"我把相片递还他。

江南的美，照我看来，应该是这样的——

有一种浓郁、恒久的春归的忧郁："清明时节雨纷纷，路上行人欲断魂。"为什么要"断魂"？"断魂"又是怎样的一种心理感受？这是江南才子特有的忧郁。那摇摇晃晃的行人身姿，分明是一切江南才子的身姿。"北固楼前一笛风，断云飞出建康宫。江南二月多芳草，春在濛濛细雨中。"断云、残笛、细雨，多少销魂事，都付笛声中。尤其是那天夜晚："残星几点雁横塞，长笛一声人倚楼。"那一倚楼人，正是江南的魂灵儿。

倚楼人是江南的才子，是王右军、张若虚们，是郁达夫、戴望舒们，是方鸿渐们（当然，绝不是陈道明演的方，那只是一个京油子）。有惆怅与感伤，但总是明丽、轻盈，因为载不动许多愁。有江南才子，才有江南的美。

就拿江南的桥来说罢。"君到姑苏见，人家尽枕河。古宫闲地少，水港小桥多。"尤其是每一座小桥，都诉说着一个才子的故事。如题扇桥：王羲之有一次经过此桥，遇一老婆婆卖竹扇。此时炎夏已歇，秋凉初至，谁要买老婆婆的竹扇呢？羲之可怜老人生活的艰辛，遂每把竹扇题五字，老婆婆大不高兴，可是羲之说："但言是右军书，以求百钱尔。"真的，老婆婆的竹扇前，排起了长队，很快就被抢购一空。这是才子的故事，没有这个故事，题扇桥就不美了。题扇桥因为王羲之的字珍贵，所以珍贵，这是一种人文的美。又如覆盆桥：故事来自东汉寒士朱买臣。买臣是读书种子，痴读至四十岁，还未进入政界，于是遭到老婆崔氏的鄙弃，离了婚。后来又在桥上相遇，买臣此时已经做了太守，崔氏欲重修旧好，买臣令仆役从河里取一盆水，泼于桥面，说，你把这盆水收回来，我就带你回去。覆盆桥的美，也是因为有了这个故事才美。朱买臣是否真的做了太守，已不可考；中国人之所以要讲这个故事，乃是讲人文的美，文化高于没有文化，向往文化高于向往其他。江南的桥，有隽永的文化意蕴。又如绍兴的春波桥，因陆游和唐琬的故事而得名。"伤心桥上春波绿，曾是惊鸿照影来。"江南才子式的刻骨铭心，江南才子典型的忧伤的美。没有陆游，春波桥就一点都不美了。再如姑苏的枫桥："月落乌啼霜满天，江枫渔火对愁眠。姑苏城外寒山寺，夜半钟声到客船。"因为有了张继的诗，枫桥于是有了一种很美的愁，很美的感伤气质；千百斯年的后来人之所以在此流连，要听寒山寺的钟声，都是因为有了这首诗的意境。不然，光有一座桥，有什么好看？江南美的灵魂，正是江南的人文情调。

回到题目，金冬心先生的江南水乡图，画了荷花、池塘、小桥、流水，并没有出现人物，为什么要题诗曰：

记得那人同坐，纤手剥莲蓬……

因为"人"是江南美的灵魂，人虽然不直接出现，却无处不在。冬心先生这句，又那样有书卷气、有才子气、有温情与清新的美，这不正是江南乡土的灵性么？

# 吴　歌

河汉如网，湖泽如星，吴地自古多水，人誉为东方之威尼斯。吴地的歌谣，有水之柔美、水之忧郁，含思婉转，情韵悠悠，我最忘不了的一首是：

月儿弯弯照九州，
几家欢乐几家愁。
几家夫妇同罗帐，
几家飘零在外头？

南宋赵彦卫《云麓漫钞》录首二句，云："乃吴中舟师之歌，每于更阑月夜，操舟荡桨，抑遏其词而歌之，声甚凄怨。"想象其声其情，那样一种孤清，那样一种飘零，思之思之，竟分不出水与月、与歌之美了。中国最古的民歌都是这样一种天籁之美。

有水的命缘，于是便有水的情缘了。"君家住何处，妾住在横塘。停船暂相问，或恐是同乡。"水是你和我相逢的一线因缘，于是我与你的存在就不再是生命的偶然了。水的情缘是一种激情："青蒲衔紫茸，长叶复从风。与君同舟去，拔蒲五湖中。"（《子夜·拔蒲》）这便是水乡儿女的艳情。水的情缘也是一种深情："愿作比目鱼，随郎千里游"，"长江不应满，是侬泪成许"。水之情缘更是刻骨铭心的烈情："闻欢下扬州，相送楚山头。探手抱腰看，江水断不流。"水看起来极柔，实际上却是极刚烈的。水乡女子的性格也类似。

水乡风物之美，离不开荷花莲藕，所谓"三秋桂子，十里荷花"，"羌管弄晴，菱歌泛夜"，曾使金主完颜亮兴起投鞭渡江之意。"阳春二三月，草与水同色，攀条摘香花，言是欢气息。"（《子夜·孟珠》）春天里是没有荷花的，但是荷花的气息，不止于秋，不止于夏，长年地弥漫于水乡里。《西洲曲》："采莲南塘秋，莲花过人头。低头弄莲子，莲子青如水，置莲怀袖中，莲心彻底红。""莲子"，犹云"爱你"。水乡女子的情意，真是深挚极了；水乡女子的心性，真是灵秀极了。"乘月采芙蓉，夜夜得莲子。"（《子夜·夏歌》）莲子是典型的吴地风物，莲子是食中的清品，秋水是水中的清品，"清"字，正是水与莲共有的美。吴人吃莲子羹，一定不会用吃面的大海碗吃，也一定不会用筷子吃，须是用小小的莲子碗，小小的银调羹；而且煮莲子羹，一定不可用大锅煮，或许是用小小的薄铫儿煮。这些地方，都通于吴地女子要眇之美，通于吴歌要眇之美。

有一首近代江浙民歌唱道：

走下田来把头低，

妹问情哥"可有妻"？

　　"郎的妻子就是妹。"
　　"你在人前少要提，
　　莲蓬结子在心里。"

　　吴歌要眇之美，又通古今，成为一种永恒的美。如长江之水，逝者如斯，而未尝往也。

# 横塘古渡

    去天平山的路上，必经横塘镇。出了苏州城，往西南，沿着宽阔的苏福公路，过了唐寅墓，一会儿就进入横塘。

    横塘在中国文学史上非常有名气，是一个很美的江南水乡地名。

    北宋诗人贺方回，曾经有一片园宅在这里。他的《东山词》中，最为传诵的作品，恐怕即是那首被称为"江南断肠句"的《青玉案·横塘》了。"凌波不过横塘路，但目送，芳尘去"。这一送，就送了好几百年。而那"一川烟草，满城风絮，梅子黄时雨"，简直用文字凝固了时间的流动，成为江南水乡的经典风景，也成为江南才子永恒的忧郁。到清代，还有人念念不忘："唱遍贺家青玉案，一天飞絮过横塘。"（赵允怀《横塘》）横塘就是烟草、飞絮，就是雨丝、花片，就是美丽的春愁。

    然而，横塘的女子，在中国历史上有着更大的名声，有着不可抹去的民族文化的记忆。明代末年的光景，也许是聚集了江南水乡的灵妙之气，也许是千年古老文明的回光返照，横塘竟氤氲发育出了一个有声有色的女子，即"一代红妆照汗青"的陈圆圆。吴梅村的《圆圆曲》唱道：

        前身合是采莲人，门前一片横塘水。

20世纪30
年代之横
塘普福桥

采莲人从横塘荡起双桨，随着就是倾城倾国、翻天覆地的历史篇章。清史专家肖一山有一段精辟的议论：

　　盖当时之清国，已不似皇太极时之纯朴易治，而多尔衮之恩德，又不如皇太极之能统御臣下也。使无明国覆亡之隙，致与清国以坐享渔利之机会，则内部之祸乱，恐亦难免。乃三桂乞援，长驱直入，神京定鼎，九有一尊，不惟为多尔衮所不及料，亦女真民族之最大幸运也。然三桂无包胥之志，而一旦效秦庭之哭，其动机固由于圆圆。故谓圆圆为灭闯之先锋也可，谓为清室入主之原动力，亦无不可。以一弱女子而系二朝（李顺与爱新清）之兴亡，岂仅如梅村所谓"一代红妆照汗青"者乎！（《清代通史》第二七三页）

希伯莱经典说，历史往往有一些神秘莫测的"决定性时刻"，命运操于一两人的手上。我们宁肯相信历史有某种非理性的时间点，达成所谓历史的偶然性。"以一弱女子而系二朝之兴亡"，正是如此。这不是所谓"女祸"、"男祸"的腐论，而是走进历史深处，老老实实地拿出证据来说话。写这一段历史的根据，是陆次云的《圆圆传》和钮琇的《觚賸》。这两本书都提到，吴三桂在听说陈圆圆被李闯王"籍入"时，按剑大怒："嗟乎！大丈夫不能自保其室，何以生为？"于是即遣将乞师于清。它使我们看到历史关键人物在决定历史命运时一种非理性的情绪化冲动的生动姿态。或许，小说笔记家言不足为严肃史料的第一手证据，但在明王永章所著的《甲申日记》中，则保留了吴三桂当时的若干家书，这里，且打开两封来看：

> 接二十谕，已知归降，欲保家口，只得降顺；达变通权，方是大丈夫。惟来谕陈妾骑马来营，何曾见有踪迹？如此轻年小女，岂可放令出门？父亲何以失算至此？儿已退兵至关，预备来降，惟此来实不放心。（第三封，二十五日发）

仔细玩味信中的三句问语，一句比一句不安、急切、焦躁，内心如焚的神情溢于言表。三桂本已决定投降李顺，态度骤然转变，心理轨迹清晰可见。又一信说：

> 前日探报，陈妾被刘宗敏掠去，呜呼哀哉！今生不能

复见！初不料父亲失算至此！昨乘贼不备，攻破山海关一面，已向清国借兵。本拟长驱直入，深恐陈妾或已回家，或刘宗敏知系儿妾，并未奸杀，以招儿降，一径进兵，反无生理，故飞禀问讯。（第四封，二十七日发）

在这关键的两天内，吴三桂作出了决定之后，仍然有一点犹豫。但是犹豫的原因不是江山重于美人，而仍然是美人的安危存亡。《圆圆曲》的名句："恸哭六军俱缟素，冲冠一怒为红颜。"真是字字都是诗史。

想想历史的兴亡旧事，确实，有一点是可以肯定的，李三郎与杨玉环也罢，李后主也罢，吴三桂与陈圆圆也罢，都不仅仅代表男女情欲的力量，不仅仅与特定的某个人物、某种情境有关，更说明一种历史文化的普遍性。这就是：最终掌握主宰大权的，决不是美，决不是情，而是数字化的思维，现实的利害计算，冷峻而近乎残酷的较量，对列式格局的开展，客观化问题的凸显。正如古代的孙武子练兵，是一定要斩掉吴王宫妃的两个美人队长的。孙武子，这个江南文化中的异数，早熟、冷静得如此令人惊叹！

# 春在堂

　　姑苏旧时一百七十多座园林中，最袖珍而又最富于文化意蕴的，莫过于马医科巷的曲园。

　　姑苏的园林，大都以繁复胜，以精巧胜，而曲园则崇尚简单。

　　曲园的中心是春在堂。堂前堂后，略有空地，便顺其地势，莳花垒石，小筑亭台。曲园的大体格局，正如一张弓，然绝无曲径通幽之妙。在其他的园林，我完全不能想象那里的主人会是什么样的人，而在曲园，我则很容易亲近曲园老人的朴学家气质。这应是苏州第一文化名园。

　　曲园的简单，用曲园老人的话来说，就是一个"苟"字。据他说，这个主意，是得之于曾任吏部尚书的许文恪（滇生）的启发。《春在堂随笔》卷六云："曩在京师，许文恪招饮于其养园。花木翳然，屋宇幽雅，颇擅园林胜事。文恪云：'冉地山侍郎尝病吾以杨木为屋，恐不耐久。吾曰：君视此屋可支几年？冉曰：不过三十年耳。吾曰：然则君视许滇生尚可几年耶？冉亦大笑。'余谓公此论真达人之见也。未及几年公归道山，屋固未圮，而已易主矣。余在吴下筑春在堂，旁有隙地，治一小圃名曰'曲园'。率用卫公子荆法，以一'苟'字为之。或虑其不固，余辄举文佻语以解嘲焉。"

老人又写有《曲园记事》五言长篇。其中说道："但取粗可居，焉敢穷土木！吾学公子荆，一苟万事足！"卫国的公子荆是孔子曾大加赞赏的人物。他长于治理家室。《论语·子路》："子谓卫公子荆善居室。始有，曰：'苟合矣'；少有，曰：'苟完矣'；富有，曰：'苟美矣'。""苟"是将就、凑合的意思。时时以低标准、平常心处之，不以富贵肆志，不以贪多累心，不抵押生命给物质，更不透支生命给将来，得到的便是一大片当下宽松自足的逍遥心情。

我留心看曲园各处建筑的品题与命名，亦随处流露出一份平淡、自足的意趣。"名之曰曲园，为钩不为弦。吾闻之老子，所谓曲则全"。如乐知堂"乐天而知命，斯义聊自娱"；如达斋、著书庐，取义"天地本蘧庐"。主人直已视天地宇宙为安身立命的房屋，则区区小园，或简或奢，都不值过多措意了。

中国士大夫文化历来重视文化传家，而不去重视家产传世。曲园老人在记事诗中就提到一个故事："昌黎三十年，辛苦成屋庐。作诗夸儿曹，意溢词之余。东坡读而叹，谓不如渊明。"然而据胡仔《苕溪渔隐丛话》，东坡云："退之《示儿》云：'开门问谁来？无非卿大夫。'又云：'凡此座中人，十九持钧枢。'所示皆利禄事也。到老杜则不然……所示皆圣贤事。"韩愈《示儿》诗说："始我来京师，止携一束书，辛勤三十年，以有此屋庐……"接下来摆谱自夸位高、妻荣、丁旺、客贵，得意之色，溢于言表。而杜甫《又示宗武》诗则说：

觅句新知律，摊书解满床。试吟青玉案，莫带紫罗
囊。假日从时饮，明年共我长。应须饱经术，已似爱文章。
十五男儿志，三千弟子行。曾参与游夏，达者得升堂。

经术道德、文章艺事，才是形成旧时所谓世家的基本条件。
富贵不可永恃，王谢堂前之燕，终要飞入寻常百姓家，古人从
几千年的经验中，看得十分清醒。《曲园记事》诗云："世之所谓
园……广袤数十亩。以吾园方之，勺水耳、卷石耳！"门无高车
大轩，堂无玉带金鱼，而主人将他的生活态度，一点一滴，融
入园林屋居的一砖一木。可以说，曲园是人格化了的俞曲园老
人。他将曲园化而为经术、化而为文章，珍为典籍，传之后人。

曲园的文化意蕴，除了传统的修身做人之道，还有甚深的
历史文化意识。《曲园记事》诗又云："自听事而西，有春在堂
焉。文正所题榜，墨彩今犹鲜。"我曾仔细看过堂中那方大匾，
漆木斑驳，曾文正公的大字，居然保留着原刻，殊为不易。曲
园老人三十余岁时参加翰林考试，试卷中诗题为"澹烟疏雨落
花天"，他的答卷中有"花落春仍在"的诗句，深得主考曾国藩
的嘉许。我想，这句诗的好处，也许恰能说出曾国藩当时的心
事。冯友兰有一篇文章，题为《怀念陈寅恪先生》，有一段话，
可以发现"春在堂"的内在意蕴：

俞樾的这句诗，专从留恋景光的眼光看，固不失为佳
句，但照我的臆测，曾国藩之所以赏识这句诗，当亦别有

所感:"西学为用",中学的地盘怕有许多为西学占据者,此"花落"也;但"中学为体",则"春仍在"也。

冯先生的这种解释,是从文化意识来看的。晚清的一些大学者,有点像清初的顾、黄、王,文化意识非常强烈,忧患感非常强烈。诗无达诂,冯先生的说法,虽不中,亦不远矣。

说到文化意识,就不能不提到曲园老人的《病中呓语》。沈宗畸《便佳杂钞》云:

> 世传俞曲园太史樾易箦时,目既瞑而复苏,向其子索纸笔,成绝句九章,曰:余死后二百年世界,尽在此矣。此事迄今浙人犹能道之者。

20世纪30年代初,某报忽然刊登了九首诗的墨迹,据说手稿藏于老人的女孙辈处,秘不示人。《春在堂集》中也没有载录。人们纷纷惊服老人说中了身后事,某首正是当时某事的写照。陈寅恪先生当时也写了一篇《俞曲园先生病中呓语跋》,对《呓语》预言后事持相信的态度,说得入情入理:

> 盖今日神州之世局,三十年前已成定局而不可移易。当时中智之士,莫不惴惴然睹大祸之将届,况先生为一代儒林宗硕,湛思而通识之人,值其气机触会,探演微隐以示来者,宜其所言多中,复何奇之有焉!

俞樾先生手迹

夫弟兄竞爽自古難之郊祁轼辙岂而艳稍亚於花萼之集合為一编同傳千古則尤其難者也稽之前代有兄弟二人為一集者如唐皇甫冉皇甫曾二皇甫集是也有兄弟三人為一集者如宋孔文仲孔武仲孔平仲清江三孔

　　1993年我去苏州，游了曲园之后，曾访钱仲联先生于苏州大学内寓所，与钱老谈到这件奇事。钱老当时很兴奋地说："陈寅恪走的是《推背图》一路！"我又问他，相信不相信。钱老很认真地看着我说："现在才多少年？两百年的事呀！"

　　陈寅恪先生曾对曲园老人的重孙俞平伯说："至第七首所言，则渺不可期，未能留命以相待，亦姑诵之玩之，譬诸遥望海上之仙山，虽不可即，但知来日尚有此一境者，未始不可以少抒生之念。然其用心苦矣。"说得又感伤又乐观。我对曲园老人这首诗的"用心苦"，确能体会得到。但是，不知后代的人，对于这里面的文化的深心苦志，能不能体会一二？

# 钮非石

几次去苏州，看看那些人造的景点：整旧如新的名人故址，观前街的仿古饭庄，十全街的古董精品屋，以及满坑满谷的陶器赝品、低劣做作的紫砂壶，还有那些像鬼幡一样到处悬挂的《枫桥夜泊》书法，处处洋溢着一种假装、伪饰与不自然的气息。姑苏变得像一个穿着真丝绢纺的饭店老板娘。最令人不想、又不得不生气的是，掏出十块钱来，你可以上楼去敲一回寒山寺的钟——这已经成为可怜的、被贱卖的姑苏的一个小小的象征。

再仔细一想，姑苏这样的一种命运，其实都是江南文化自身造成的。江南文化有两元，即大俗与大雅。这两元的关系非常错综复杂，有时候是雅假装成为俗，假装没有他自己，而在俗的血肉里，取得自己的生命；而有时候，又是俗假装成为雅，将雅作为他的装饰甚而奴仆，然而灵魂里仍然是俗。雅和俗，你仔细看，无时无地不是在那里相互利用、相互依存、相互欺骗，就像一对没有真情而又无法分手的无奈夫妻。这或许正是江南文化的一个重要性格。

有一种很有趣的观察角度。讲得具体一点，即江南文人长期以来的两种文化娱乐样式。这两种样式，一叫狎游，另一叫

20世纪20年代之观前街

做雅宴。龚自珍在《书金伶》一文中，曾敏锐认识到这种现象。文章一开头就说："大凡江左歌者有二：一曰清曲，二曰剧曲。清曲为雅宴，剧曲为狎游，至严不相犯。"陆萼庭在他的《清代戏曲家丛考》一书中解释说：

　　　　江左，实指苏州、扬州两地而言，苏、扬都是昆剧活动最为频繁、昆剧艺人最为集中的大都会。清曲，指度曲家的歌唱……叫做雅宴。剧曲，指优伶们的歌唱，登台演戏，宴客侑酒，叫做狎游。前者有大人先生参加，后者一律归梨园弟子充当。可见这是两个家数，两个师承，两个阶级，不容混淆，故曰"至严不相犯"。

将雅宴与狎游说成两个阶级，这倒不见得。参加雅宴的，必是有高文化的人，那时除了名公巨卿，落魄诗人、苦读经师也是属高文化的人。而参加狎游的人，书生秀才、布衣墨客之外，亦必有达官贵人。别的例子不必举，单看龚自珍的这篇文章写到的钮非石，就是"上能识贵人、长者、大官走声誉，下能觑名僧、羽士、名倡、怪优、剑侠、奇巧善工之伦"，自如出入于雅宴与狎游两种娱乐方式之中，既能详考《说文解字》中的某一个字，又可细审《临川四梦》中的某一个音律。他正是江南文化中的一个典型人物。

钮非石名树玉，字兰田。苏州洞庭东山人。跟许多江南名士一样，他没有参加科举考试，以一介布衣终老。他少时家贫，丧父母，一边做小生意，一边刻苦自学，据说，经常在帐中挑灯夜读，弄得帐子全给熏黑了。在江南，像这类苦读苦做的文人非常多，不足为奇。三十岁时，他肄业于苏州紫阳书院，山长是钱大昕，所以他是竹汀门人。钱门中人并非都能著书立说，后来他著成《说文新附考》，钱氏为他做序。不久，段玉裁的《说文解字注》出来了，他居然又写成《段氏说文注订》八卷，修订匡正了段氏的一些失误，从此声名一振，与当时的朴学家黄丕烈、顾之逵、江藩、段玉裁等成为好友。后来缪荃孙将他附入《段玉裁传》的后面，表明他在清代小学史上占有一席之地，其实他早就是那个圈子中的人物。

钮非石不只呆在一个圈子里，他还有名公大人的圈子，图籍古玩商的圈子。尤其是昆曲艺术的圈子，更是他的所长。龚自珍文中，描写他在这个圈子里的活动神态，尤为精彩："当佳晨冶夕，笙箫四座，被服靓跃，姚冶跌荡，时则必有一人，敝衣冠，面目不可喜，而清丑入图画者，视之如古铜古玉，婆娑然权奇杂厕于其间以为常。"龚氏用的"清丑"一词，耐人寻味。其实说得通俗一点，就是清高的丑角。这是一个有"说文"癖、古玩癖、版本癖的丑角。

但是，不要误以为非石只是个会在王公大人之间插科打诨的丑角，他其实是一个有着极精深功力、学养的昆曲学家，为苏州曲学大师叶堂（怀庭）的第一号弟子。关于叶堂，钱泳的《履园丛话·艺能》的"度曲"一条记载：

> ·　　近时则以苏州叶广平翁一派为最著听。其悠扬跌荡，直可步武元人，当时昆曲第一。曾著《纳书楹曲谱》，为海内唱曲者所宗。

当时的昆曲，正在由古典清曲向着近代剧曲的方向发展，即越来越世俗化、大众化。而叶堂既是一个学院派的音律家、古典的集成者，同时又是一个昆剧的实践者、梨园的搬演家。

龚自珍文中称"叶之艺，能知雅乐俗乐之关键，分别铢忽，而通于本，自称宋后一人而已"。

叶的两个弟子，一是龚自珍写的"金伶"，即金德辉，是传承叶氏的剧曲艺能的，另一个是钮非石，则清曲、剧曲都传乃师之秘。钮非石曾以剧曲的功夫折服了当时江南风头十足的集秀班首领金德辉。龚自珍十分生动地描写钮非石如何使金德辉服气的：

> 德辉故剧子弟也，隶某部，部最无名。顾解书，以书质钮，而不以歌。一夕歌，钮刊而律之，纳于吭，则大不服。钮曰："毋曰吾不知剧，若吾所知，殆非汝所知也。"即欲论剧，则歌某声，当中腰支某尺寸，手容当中某寸，足容当中某步。金始骇，就求其术。钮曰："若不为剧，寒饿必我从。三年，艺成矣。"曰："诺。"

钮非石明确告诉金德辉：如果不学习通俗戏乐唱法，那么，你将来就会像我一样挨饿。他深悉雅俗艺乐消长大势，可谓聪明之极。他培养金德辉，实际上乃是借金氏作一种工具，实验他的老师传给他的雅乐、俗乐在世间所产生的影响。果然，金德辉大红大紫。他的戏班子声誉广被江南江北，以至于"天颜大喜，内府传温旨，灯火中下珍馐酝、玉器，宫囊不绝"。皇帝亲自题名他的戏班子为集秀班。可是金德辉不知真正艺术天地的广大高远，从此竟"傲睨不业"，他更不知道他不过是他的师兄手中牵着的一个木偶而已。这时，钮非石又想试一试他的老师传下来的雅乐清曲究竟如何了：

> 钮生屏人戒之曰："汝名成矣，艺未也，当授汝哀秘之声。"明日来，授以某曲，每度一字，德辉以为神……德辉试技之日……既引吭，则触感其往夕所得于钮者，试之忽肖，脱吭而哀，坐客茫然不省，始犹俗者省，雅者喜，稍稍引去。俄而德辉如醉、如寱、如倦、如倚、如眩瞀，声细而谲，如天空之晴丝，缠绵惨暗，一字作数十折，愈孤引不自已，忽放吭作云际老鹳叫声，曲遂破，而坐客散已尽矣。明日，钮视之而病。钮悔曰："技之上者，不可习也，吾误子……"

钮非石所传的这种"哀秘之声"真可怕，有点像古希腊神话中的那个海妖之歌，不仅要移人的情感，而且要移走人的心灵，将整个的魂儿，从生命的躯壳中移去，剩下海空迷蒙，山林杳冥，群鸟悲号；剩下一具如倦如怠的肉身。所以，德辉坚决而毫不可惜地焚烧了他的新曲谱，于是，这种"哀秘之声"的命运，就像嵇康的《广陵散》一样，永远地不传了。当然，接下来，"德辉获以富，且美誉终"，活了八十岁才死，成就了一段舒舒服服的生命。

龚自珍在结尾处意味深长地感叹道：

> 噫！江东才墨之薮，楼池船毂之观，灯酒之娱，春晨

秋夕之游，美人公子、怜才好色，姚冶跌荡之乐，当我生之初，颇有存焉者矣。

从此，江南的文化，雅与俗就达成了一种默契的妥协，和谐地生存在这个温柔富贵之乡。

# 要离冢

要离冢，在姑苏旧城专诸巷的西城上。"吴中某氏藏有要离墓碣，'要离之'三字下，悉已漫灭，不成文矣。端忠愍（方）抚苏时，乃以二百金购得之，视如拱璧。遇金石家，辄示之，曰：'吾至苏后，搜罗尽矣，惟此尚差强人意耳。'"（《清稗类钞》第九册）随着清王朝的灭亡，此一方碣石遂流落于民间。叶誉虎先生民国元年从北京厂肆购得，复又于民国三十六年归于苏州沧浪亭图书馆。这一段楚弓楚得的故事，颇有意味。事见叶氏《矩园馀墨》。

陆放翁有诗云："生拟入山随李广，死当穿冢伴要离。"杨铁崖有诗云："金阊亭下路，春草没荒丘。云是要离冢，令人生古愁。侏儿三尺干，不佩双吴钩。中包猛士胆，白日照高秋。忍死屠骨肉，视身若蜉蝣。"蒋士铨有诗云："要离碧血专诸骨，义士相望恨略同。"在古代中国，北方的壮士有荆轲，南方的勇士有要离。荆轲是八尺男儿，要离是身长不满三尺的侏儒，但要离的故事同样地惊心动魂，隐含着江南文化血性命脉的古老源头。

要离吴人。吴王阖闾害怕在卫国的公子庆忌谋变，于是伍子胥向吴王举荐要离，说："离虽侏儒，却有万夫之勇力。"要离这时刚刚折服了吴国的壮士椒丘诉，声名大振。原来在一次友

姑苏旧城
一景

人的丧席上，要离竟当众侮辱了椒丘诉。椒丘诉十分恼怒，准备到天黑来算账。要离回到家里，对妻子说："椒丘诉余恨难消，晚上必来这里，你不要关门。"天黑时，椒丘诉果然来了。见门不闭，登堂入室也无人守卫，要离散发僵卧，无所畏惧。椒丘诉于是上前用剑直抵要离脖子，说："你有三条该死的理由，你知道么？你侮辱我于大庭广众之前，该死；你回家不关门，该死；你睡觉没有防备，该死。不要怪我杀你了！"要离从容不迫，说："我有三条该死之过，而你也有三条不像人的理由，你知道么？我在大庭广众前侮辱你，你不敢说一句话，你不像人；你进我的门，不咳一声，登我的室，不打招呼，你不像人；悄悄上前拔剑抵住我的脖子，还敢大言不惭，你哪里像个人？你可耻，你不像人，又还来威吓我，岂不鄙哉！"椒丘诉听了要离这番话，投剑而叹："天下壮士也！"那时真正的壮士都把名声放在第一位，比生命还重要。要离是以他的胆力、沉着与光明磊落的汉子气，征服了椒丘诉。

要离去见吴王，说："臣细小无力，迎风则偃，负风则伏，大王有命，臣哪里敢不尽力！"吴王说："庆忌有万人之力，是闻名的勇士，你的力量看来是不敌他。"要离说："只要大王有杀他的诚意，臣就能杀他。臣假装负罪出逃，请大王杀臣妻子，断臣右手，庆忌一定会相信臣。"于是吴王阖闾就答应了要离的请求，取其妻子焚弃于市，要离出奔。天下都知道他与吴王有深仇大恨。要离到了卫国，见到庆忌，对他说：阖闾无道，王子都知道了。现在又杀了我妻子，焚之于市，我是无辜受迫害。吴国的情况，我大致都了解，愿凭依王子之勇力，把阖闾拿到。庆忌相信了他的策划，训练士卒，谋攻吴国。渡江的那天，船到江水中流，要离因为力气小，事先就坐在庆忌的上风处，借着风势，用长矛刺庆忌。庆忌带着重伤，将要离揪将过来，三次把他的头摁入江水，然后提起水淋淋的头，放在自己的膝头上，说："真是天下之勇士，竟敢刺杀我！"左右都说杀了他，庆忌说："我快死了，岂可一天之中死天下勇士二人。可以放他回吴国，以表彰他的忠义。"要离渡江，在回国途中，忽然忧伤悲痛不能前行，对从行的人说："我杀妻子以事君王，非仁也；我又为新君而杀故君之子，非义也。不仁不义，我有何脸面见天下之士？"说罢，投身于江。从行的人将他救起，要离又自断手足，伏剑而死。

要离是一弱夫，然而他的心气之高，超过了他形体生命的

孙原湘《钱
牧斋故宅吊
柳夫人》

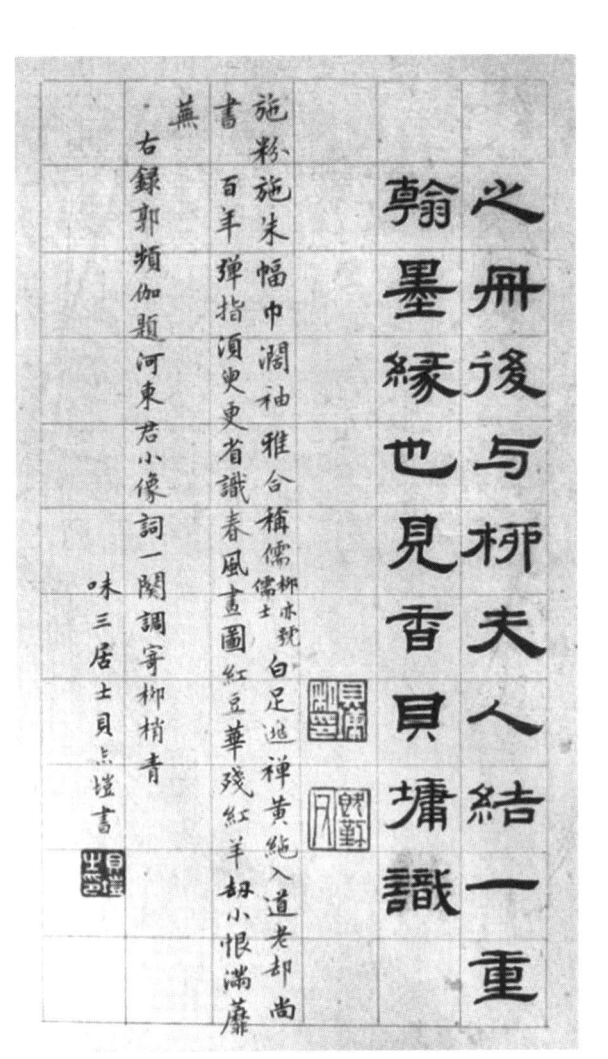

限制。他最初想成就的不过是一壮士的名声，他把这一名声看得高于一切。然而光秃秃的、形式化的壮士名声，毕竟是空洞无物的，什么都不是。要离在最后一刻，良知苏醒过来，最终以生命所殉的，是仁义。从尽气的生命形态，醒觉而为知心知理的生命形态，这才是要离悲剧的正解。

陈寅恪《柳如是别传·缘起》有《题牧斋初学集》诗，中二句云："夕阳芳草要离冢，东海南山下溉田。""东海"句，指牧斋为修史苟活事，寅恪先生已详加解释。而"夕阳"句无解。为何用"要离冢"的典故讲明清痛史？后来读到《柳如是别传》第四章，原来寅恪先生考证出河东君适牧斋后，曾大病，留苏州养疴几死。"河东君当时自料必死，死而葬于苏州，即陆放翁'死当穿冢伴要离'及'死有要离与卜邻'之意也"。至此，恍悟寅恪先生此两句诗，一句指河东君生平志事，一句指钱牧斋晚年心愿，铸语精湛，意涵深长，真是一个字也移易不得。

## 【附记】

钱泳《履园丛话·陵墓》"周要离冢"条："余少时在阊门内十庙前沿城脚下，见水潭边有石碣，上刻'古要离冢'四字，横卧荒草中。据《后汉书》注，梁伯鸾墓在要离冢北，却无碑碣可考。"据此，则石碣有两块，不知孰真孰伪。

# 天平山

冬天游天平山，一无可记。惟枫叶松树间，悄然孤冷，矗立一座祠碑，有"范氏宗祠"四个大字，不知是清代哪位皇帝所书。看了看范坟，亦是寒意萧瑟，不可久留。范仲淹纪念馆中，"义庄"的材料很醒目，当时也没有太多注意，看看就出来了。

回沪后，偶阅《清代通史》，发现范仲淹所创义庄，竟是一件很有影响的"制度创新"的大事，应为"文化江南"大书一笔的史实。

范仲淹设立义田、义庄的初衷，是"扬祖德"、"赡同族"。他说：

> 吾吴中宗族甚众，于吾固有亲疏，然以吾祖宗视之，则均是子孙，固无亲疏也。吾安得不恤其饥寒哉？且自祖宗以来，积德百余年，而始发于吾，得至大官。若独享富贵而不恤宗族，异日何以见祖宗于地下，亦何以入家庙乎？

于是，范仲淹在苏州的吴兴、长洲两县，置田亩，立义庄，

天平山旧景

使同族有公产。范氏子孙使义庄制度更臻完备，大要为：全族人每口日给白米一升，冬给布一匹。嫁娶丧葬，皆有补助。科举考试及就师求学，皆有束脩。族人生活，获得一最低限度的保障。子孙世世代代守老规矩，自宋至清末，九百余年，始终不变，从最初的置田千余亩，发展到道光初年已超过五千亩。顾炎武《日知录》中说："以故范氏无穷人，他族莫能比。"

范氏义庄有家谱，记载一族的历史，明世系，别支属，使每人都清楚自己的前后关系、家族责任。义庄里最富于精神凝聚意味的仪式是谒祖墓，祠堂则是最基层的社会组织。乡人或有争讼，无需对簿公庭，"上祠堂"即可解决大半问题。

范仲淹之后，义庄的影响更大。"祖宗庐墓，永以相寄。一村之中，同姓者至数十家或数百家，往往以姓名其村巷。"（《吴县志》）"世家大族，莫不以踵行范氏之法为慕义好善。故吴中义庄林立。"（俞樾《春在堂杂文》）晚清时，"义庄设遍天下，而江南尤盛。"（冯桂芬《显志堂稿·汪氏义庄记》）与中原比较，"今日中原北方，虽号甲族，无有至于千丁者，户口之寡、族姓之衰，与江南相去远绝。"（顾炎武《日知录·北方门族》）南朝四百八十寺的佛门聚徒精神，经北宋大儒范仲淹的修正仿效，竟变而为水村山郭酒旗风的儒家伦理社会。

钱穆用"教"、"养"二字，概括范氏义庄的意义："义庄始于北宋之范仲淹，一千年来，其风遍全国。此亦尚通财之一例。而通财不仅为济贫，又兼以宏教。曰养曰教，皆社会自为主持。而其他一切自治，亦皆由此一意义推扩而来。"（《现代中国学术论衡》）中国文化制度创造的深心远意，都被此数语道尽。

我这篇随笔，没有写天平山的松风幽径、修竹清池，但是我这样写，才对得起天平山的千秋祠墓。

# 邓尉山

    如果姑苏是一位美人，太湖就是她飘逸的纱巾，西南诸峰的连绵叠翠，就是她浓密的青丝云鬟；而那隐蔽于群峰之后，斜斜伸向太湖的半岛——邓尉山，正是姑苏美人发中的一支玉簪——幽眇、玲珑，将烟波迷离的太湖与姑苏美人恰到好处地绾结在一起了。

    "渺渺太湖水，遥遥光福山。梅花一万树，窈窕非人间。"邓尉山有奇松、古庙、隐士、高僧，然而邓尉山的梅花名播天下。也许是得了太湖的烟水芳泽，又得了吴门的迤逦气韵，邓尉的梅花才这样的好。"香雪海"三个字，永远成为姑苏春事的点睛之处。

    明清以来，邓尉山观梅就已成为诗人文士的雅游盛事。他们留下了无数诗文，娓娓叙述着"文化江南"的倾情之美。早春二月，读诗以代卧游，就像晋人宗炳画壁，抚琴动操，众山皆响。这些先生，真的要移我情去！

    牧斋先生好几次访梅邓尉。"我来早春时，发兴蜡双屐；探奇忘晴雨，寻花越阡陌。茫茫梅花海，上有花雾积；不知何处香，但见四山白……"（《十七日早晴过熨斗炳，登茶山，历西碛、弹山，抵铜坑，还憩众香庵》）他恍惚身在梦境，从靠太湖的铜坑山，回到光福镇南的众香庵，像是经过了藐姑射山的世界。"洗妆映流水，薄寒倚柴门。岂知堕烟雨，掩抑空泪痕。梅花如静女，有恨初不言。"（《元夕阻雨泊舟光福》）牧斋先生又从仙界回到了人间，眼中怜取、心中魂与，都是有恨无人省的幽谷佳人。"寻花欲乞命，岂为风雨怖！""沾湿闻雨香，登顿入花雾。初疑雨妒花，转为花惜雨。梅亦爱清妍，裛雨如含露。"（《十六日冒雨游玄墓》）牧斋毕竟是牧斋，雨中探梅，就像《红楼梦》中的贾宝玉去看晴雯姑娘。

邓尉山的梅花，往幽深处去探访，品类甚多。清人张熙和有一首诗，题目颇长，像一篇小序：

> 邓尉一带皆单瓣白梅，至西碛始有朱砂红、绿萼梅、玉蝶梅各种。自邓尉下，冒雨复至西碛山顶。

其中的朱砂红，即红梅，其花繁密如杏，香亦类似。北方的汴京有了这种红梅，却将它认作杏花。生性爽直的晏殊与客人饮酒花下，便赋诗两句："若更迟开三二月，北人应作杏花看。"客人说："公诗固佳，待北俗何浅耶？"晏殊笑道："伦父安得不然？"分明瞧不起北方的那些大老粗。梅圣俞的诗："认桃无绿叶，辨杏有青枝。"也遭到了苏东坡的调侃："诗老不知梅格在，更看绿叶与青枝。"梅花就是这样的自有身份。

邓尉山深处的西碛，有绿萼梅。张熙和的诗只说了一句"绿萼群仙列"。绿萼梅是梅中的仙品。范成大《梅谱》说："凡梅花，跗蒂皆绛紫色，惟此纯绿。枝梗亦青，特为清高。好事者比之九嶷仙人萼绿华。"使人想起钱牧斋总是将河东君比作萼绿华，而他由与河东君"订春游之约"，想到了邓尉山，竟说："西碛蓝舆南浦棹，春来只为两人忙。"口气真大。要是一般人走进那清幽世界，恐怕只会产生与张熙和一样的想法："顾渐尘俗躯，游此神仙窟。"

探梅访梅固佳，忆梅梦梅，更见词人深情缱绻。陈维崧生病的那年春天，"暗记当年，才过了收灯，有人约探林屋。参差帽影鞭丝里，饤饤得许多浓绿"。而病里冷落看花，又恐辜负了那冰魂瘦玉，轻轻地吁一声："梦到深山，细问一春幽独。"（《疏影·忆邓尉梅花》）杨蟠看见友人的一幅《邓尉探梅图》，"记曾邀鸥侣，探梅三度。胜地经来劳梦想……独自骑驴去，暗香浮动，缟衣人在前路"。最无道理的是他批评画中梅花："不遇探春名士到，怎把芳心轻露。"（《百字令·题顾录崖邓尉探梅图》）大鹤山人更是将回忆与实景合在一起写："叹旧游零落如花雨，孤绝寻芳客。认石屏苔展，依稀陈迹，眼前好景，空绕枝百转，愁肠都窄。"（《浪淘沙慢》）而他这首词的小序，就像是一篇感伤的美文：

> 江南早春，邓尉山梅垂垂欲发。回忆乙丑秋，方舟载酒，与湘潭王壬秋二三同志，山泽行吟，连句和清真此曲，极岁晚清逸之娱。忽忽旧游，奄逾一纪，年荒世难，俊侣飘零。今见园中南枝初葩，斜月在水，将治舟讨春西碛间，

陈洪绶《吟梅图》

凄独之感，哀断成歌，再和清真。绕枝二匝，兴言昔怀，益以重予离忧也。

忆梅梦梅，都成断魂恨绪。文化江南的芳菲之美，说到深处，是悲凉，是怆恻，是说不尽的湘累哀郢之情。那细草笼沙的横塘古道，白云迷树的邓尉山，谁来商略江南的春事？

# 山 塘

从苏州市区往虎丘，有两条路可走。一条是虎丘大路，一条是山塘小街。七里山塘，清代以前是中国最繁华的河街，是最具有士大夫性格的风景街，是文化江南文心、诗情、史迹层积厚累的一处胜地。

山塘原是河堤，又名白公堤，是白居易在苏州做郡守时所筑。山塘靠近虎丘的一半又叫半塘。山塘最富于江南水乡的风景意味，有桥、有草、有树，有炊烟人家。宋范成大《半塘》诗："柳暗阊门逗晓开，半塘塘下越溪回。炊烟拥舵船船过，芳草缘堤步步来。"清舒位《虎丘竹枝词》："春堤风嫩草纤纤，绿上裙腰一道粘。不信山塘真七里，弓弓量过绣鞋尖。"《苏州府志》记："维时舟随橹转，树合溪回，鬓影衣香，薄罗明月，笑语歌呼，帘帷高卷，此身宛坐天上。"

山塘的溪桥极多，是江南水乡小桥最密集的地方。据顾禄的《桐桥倚棹录》，七里山塘河汊滨兜之间，有胜安桥（即桐桥）、山塘桥、通贵桥（又名瑞云桥）、广福桥、生生桥、白公桥、斟酌桥、塔影桥、花津桥、塌水桥、十房庄桥、六房庄桥、绿水桥、青山桥、引善桥等几十座。山塘的酒楼也非常有名。斟酌桥边的三山馆，引善桥畔的山景园，塔影桥旁的聚景园等，

旧时山塘

都是留醉的好去处。菜肴仅鸡类一项，即有清炖鸡、黄焖鸡、麻酥鸡、口蘑鸡、溜滲鸡、片火鸡、火夹鸡、海参鸡、芥辣鸡、白片鸡、手撕鸡、风鱼鸡、滑鸡片、鸡尾搁等数十种。赵翼《山塘酒楼》诗"清簟疏帘软水舟，老人无事爱清游。承平光景风流地，灯火山塘旧酒楼"，说出了昔日的繁华。这确是一处小店如棋、画桥如网，柔橹似梦、片舟如梭的锦绣温柔水乡。

荡舟的人，有美丽的水乡女子与多情的江南才子，"木兰小舫拟轻凫，双桨凌波有小姑。醉向碧桃枝下过，满身月影倩花扶"（张登晨《山塘杂诗》），正是一幅人面桃花图；"玉兰花发度清明，闲上吴船听晓莺。写得春游新曲在，与谁约伴合欢笙"（朱莅恭《山塘杂咏》），恰是一曲江南月令歌。几乎每一座小桥都有一个故事，几乎每一个故事都包含着一个不知名字的姑苏女子。如青山桥："两情如水水如环，柳外春桡数往还。招手渡头人不见，二分新月近青山。"（陈基《青山桥即事》）如彩云桥："湖山寂寞夜迢迢，霜信风中酒易消。还是秋来可怜月，照人独上彩云桥。"（赵执信《月夜过彩云桥》）如绿水桥："花事晴暄绿水桥，画楼红袖倚吹箫。春风不管离人恨，依旧青青到柳条。"（任兆麟《过绿水桥》）所以，在江南才子看来，春天里的山塘就是一潭醉人的春酒："白公堤外水迢迢，吴女花船背橹摇。最爱桥名是斟酌，也须春酒变春潮。"（汪懋麟）而秦淮河的北里名娃，远不如这里的古老悠久："桥西七十里，不断往来波。千古蛾眉女，此中载得多。三春红烛夜，一片画船歌。自昔成风俗，流波奈若何？"（李其永《桐桥舟中得句》）近代诗人金天翮，也有《山塘》诗云："何处春光美，行行七里塘……贤愚同一迹，蹑迹为寻芳。"吹箫的玉人，剪柳的香风，征尘杂酒痕的白苎吴衫，酒醒兼梦醒的天涯倦客，宫黄浅额、青丝云鬓、翠钿蛮笺，都化为流水逝波、雨丝风片、寒鸦古树烟月。

但是，如果以为这绮罗香泽、橹声光影的世界就是江南文化的孤怀心事，那就错了。笙歌鬓影的背后是剑气箫心，花泪红销的尽处是鹃魂化而为碧血。因为，明末繁盛时期的山塘，恰是士气最旺的山塘。山塘是诗人士子结社之地，是很政治化的地点。陈去病的《五石脂》说：

> 据父老传说，第就松陵下邑论，则垂虹桥畔，歌台舞榭相望焉，郡城则山塘尤极其盛。画船灯舫，必于虎丘是萃。而松陵水乡，士大夫家，咸置一舟，每值集会，辄鼓

棹赴之，瞬息百里，不以风波为苦也。闻复社大集时，四方士之挐舟相赴者，动以千计。山塘上下，途为之塞。迨经散会，社中眉目，往往招邀俊侣，经过赵李，或泛扁舟，张乐欢饮。则野芳滨外，斟酌桥边，酒樽花气，月色波光，相为掩映，倚栏骋望，俨然骊龙出水晶宫中，吞吐照乘之珠；而飞琼王乔，吹瑶笙、击云璈，凭虚凌云以下集也。

陈去病所说的复社大集，乃是复社召开的第三次大会。可见晚明的山塘，颇有些类似于郑国的乡校、齐国的稷下、东汉的太学、两宋的书院，是明代诗人士子议政治、评国是之所在。

张溥《国表序》说："社集之开，胥闾之间，维舟六七里，平广可渡，一城出观，无不知有复社者。"可见士人结社议政之影响力。如果我们读史料，读诗文，只看表面的现象，将明末的有志之士，都说成倚红偎翠之辈，那是多么肤浅！如果没有复社、几社诸君子以诗文相结纳，以道义相砥砺，以议论相感发，南明的气脉，还会不会延续半个世纪之久？九章哀郢之志，复楚报韩之心，精卫填海之事，杜鹃啼血之歌，后人向哪里去寻觅？一个颇具象征意味的现象是，在风光绮丽的山塘，竟然有明季最具烈士风范的纪念墓——五人墓，表彰为反抗阉党而遭戕害的颜佩韦等士人的风骨正气。舒位诗云："埋骨青山隔几春，英雄沾尽儿女巾。"赵翼《山塘绝句》："山塘满路皆脂粉，可少秋风侠骨香？"正是画出了山塘作为江南文化的点睛之处。

# 徐而庵

　　徐增，号而庵，是明崇祯年间苏州的秀才。我十年前翻阅《清诗话》，曾抄录过他的《而庵说唐诗》中的一段话："诗之等级不同。人到哪一等地位，方看得哪一等地位诗人出。学问、见识、棋力、酒量，不可勉强也。"

　　而庵先生说的"地位"，正如同王静安先生所说的"境界"，是人的精神之旅的阶位。近十年的读诗、讲诗经验告诉我，这段话仍然是解读中国诗歌文学的正道。中国诗歌文学的解悟，从最深的一个意义上讲，几乎相当于宗教中修行的功力，这里头没有捷径可走。我们没有拿出自家的真生命的时候，一首好诗的生命是不会跟我们相照面的。常常有一些诗，隔一段时间再去看，我们又会看出新鲜的意味来，这不是诗变了，诗还是那样的一首诗，而是我们自己发生了变化。一个好的读诗人，常常在读诗的时候产生豁然贯通的感觉，这正是诗心与诗心发生了真正的照面。而那些最终不能懂得王静安"境界说"的人，仍是未能透过这一关。今人说古诗，往往千言万语，越说越远，亦是在这里歧途亡羊了。

　　而庵的这一说法，后来更得到一些很理解传统、尊重古人的思想家、史学家的增援。陈寅恪说要与立说之古人处于同一境界，正是这个意思。真正的文学阅读，远离一切游戏，远离一切打发时间的娱乐活动，乃是心灵与心灵之间相互地等待、寻觅与不期然而然地相遇。

这样，读诗的经验成为一种证明，要坚守这种证明，需要认真地去生活。

那么，徐而庵是何许人？他有没有认真地生活？他是不是在大言欺人？这里抄录一段钱牧斋的文章：

> 都会焚毁，英俊凋伤。郑生侠骨，久付沙场。黎子文心，尚馀碧血。余归心法门，灰冷梦断，维扬昔游，杳然龙汉劫外矣。吴门牡丹时，陈子明偕子能（而庵）属和美周遗什，子能遂得一百余首，贯花结蔓，香粉散落，吴人传写，为之手馥。仆本恨人，按湖湘红豆之歌，听秦淮商女之曲，则为之顾影骨惊，悲不自禁。情之感人，固其所也。子能属疾数载，寝室空床，萧然如道人禅老，不谓其情澜才海，波谲云诡，倒囊而出，一至于此！吾读内典，劫火初起，烧须弥山王，菩萨能以一口唾之令灭，复以一口吹之令即起。吹唾一口，起灭同时。子能身当劫后，缘情托物，能使扬州烟月，江左文章，攒花簇锦，涌现尺幅之上。安知劫火起灭，不在文人笔端一口吹唾耶？余言及此，林下水边，又欣欣然有喜色矣。（《有学集》卷二十《徐子能黄牡丹诗序》）

王晫的《今世说》也提到徐而庵赋《黄牡丹》一百首之事。

当时流传吴门，名重一时。从钱牧斋的序看，《黄牡丹》诗的内容是寓托故国之思，悼念烈士遗民，即钱序中提到的"郑生"郑超宗、"黎子"黎遂球，二人皆死节于1645年的"扬州十日"之中。"安知劫火起灭，不在文人笔端一口吹唾耶?"牧斋在这里含蓄地表达了反清复明的希望。

由此可见，而庵也是一个有情有义的明代遗民诗人。他的说诗经验，也是由忧患人生的体验而出。正如《而庵说唐诗》李图南的序云：

> 而庵先生自少而壮、而老，其间天时变化，地运转旋，人情世态，忧愁逸乐，风波险阻，历历备尝，兼之学道有心，心与物化，说诗时，如身化为蚁，衔线穿九曲珠，盘盘旋旋，转转折折，高高下下，尽力钻研，津关方透，为诸唐人一开生面。

而庵是懂诗的人，他没有大言欺人。

# 虎丘的花露

　　董小宛曾为冒辟疆手制花露。《红楼梦》第三十四回写宝玉
挨打，大家都忙着为他递汤送药。王夫人想起"前日有人送了
几瓶子香露来"，就吩咐拿了来："一碗水里，只用挑上一茶匙，
就香的了不得呢。""袭人看时，只见两个玻璃小瓶，却有三寸
大小，上面螺丝银盖，鹅黄笺上写着'木樨清露'，那一个写着
'玫瑰清露'。袭人笑道：'好金贵东西！这么个小瓶儿，能有多
少？'王夫人道：'那是进上的，你没看见鹅黄笺子？你好生替他
收着，别糟蹋了。'"

　　这"好金贵东西"的产地正是姑苏的虎丘。《桐桥倚棹录》
中有"花露"一条，详细记录了花露的生产者、产地、作用和
种类。兹录之如下，供欲了解董小宛事及读《红楼梦》者参阅：

　　**花露**　以沙甑蒸者为贵。吴市多以锡甑。虎丘仰苏楼、
静月轩，多释氏制卖，驰名四远。开瓶香洌，为当世所艳
称。其所卖诸露，治肝、胃气则有玫瑰花露；疏肝、牙痛，
早桂花露；痢疾、香肌，茉莉花露；祛惊豁痰，野蔷薇
露；宽中噎膈，鲜佛手露；气胀心痛，木香花露；固精补
虚，白莲须露；散结消瘿，夏枯草露；霍乱、辟邪，佩兰

叶露；悦颜利发，芙蓉花露；惊风鼻衄，马兰根露；通鼻利窍，玉兰花露；补阴凉血，侧柏叶露；稀痘解毒，绿萼梅花露；专消诸毒，金银花露；清心止血，白荷花露；消痰止嗽，枇杷叶露；骨蒸内热，地骨皮露；头眩眼昏，杭菊花露；清肝明目，霜桑叶露；发散风寒，苏薄荷露；搜风透骨，稀莶草露；解闷除黄，海棠花露；行瘀利血，益母草；吐衄烦渴，白茅根露；顺气消痰，广橘红露；清心降火，栀子花露；痰嗽劳热，十大功劳露；饱胀散闷，香橼露；和中养胃，糯谷露；鱼毒漆疮，橄榄露；霍乱吐泻，藿香露；凉血泻火，生地黄露；解湿热，鲜生地露；胸闷不舒，鲜金柑露；盗汗久疟，青蒿露；乳患、肺痈，橘叶露；祛风头证，荷叶露；和脾舒筋，木瓜露；生津和胃，建兰叶露；润肺生津，麦门冬露。施位《虎丘竹枝词》云："韦苏州后白苏州，侥幸香山占虎丘。四面红窗怀杜阁，一瓶花露仰苏楼。"又郭麐《虎丘五乐府》有《咏花露·天香》词云："炊玉成烟，揉春作水，落红满地如扫。百末香浓，三霄夜冷，无数花魂招到。仙人掌上，迸铅水铜盘多少。空惹蜂王惆怅，未输蜜脾风调。谢娘理妆趁晓。面初匀，粉光融了。试手劈笺，重盟蔷薇尤好。欲笑文园病渴，似饮露秋蝉便能饱。待斗新茶，听汤未老。"尤维熊和词云："候火安炉，量沙布甑，蒸成芳液盈盈。凉沁荷筒，冷淘槐叶，输与山僧佳制。瓶罂分饷，倾一滴便消残醉。却笑辛勤蜂酿，只供蜜殊留嗜。试调井华新水。面才匀，扫

眉还未。惯共粉奁脂箧，上伊纤指。向晚妆台一饷，又融
入犀梳栊双鬓。梦醒馀香，绿鬘犹腻。"

　　抄完了这一段文字，我忽然有一种感想：古代的一些地志
书，在记载地理、介绍名产的同时，既有求实的态度、存真的
精神，而又不失文人的气息，不失文学的欣趣，不失美感的玩
味与情思的流注。譬如，用"炊玉成烟，揉春作水"形容花露
的制作，用"花魂招到"来形容花露的使用，是何等地精致，
何等地巧妙；用蘸了花露的木犀梳子梳头，"梦醒馀香，绿鬘犹
腻"，又是何等旖旎的想象。中国文化有一个大智慧，即不使人
的精神生活、文化生活与自然生命相脱节，重视将人的精神生
活与文化生活直接贯注于日常生活之中，以润泽、陶冶自然生
命，使之涵具一种精微的诗意。这小小的一瓶花露，恰是一个
很好的证明。

# 朱鹤龄

　　明季江南文人有各种"隐"的生存方式。有的隐于道、隐于禅，有的隐于医、隐于卜，有的隐于衣工、贩夫走卒，有的隐于诗、隐于酒。吴江朱长孺先生，有"海内四大布衣"之称（其他三位是李中孚、黄宗羲、顾炎武），却是隐于著述。时人称其"遗落世事，晨夕一编，行不识路途，坐不知寒暑。人或谓之愚，因以'愚庵'自号。"（朱彝尊《明诗综》）愚庵的学问，以说经见长，于汉、唐注疏，皆能爬梳抉摘，独出心裁。最有名的作品是《李义山诗集注》及《杜诗辑注》。前者是现存义山诗集最早的完整注本，于知人论世，发覆义山忠愤人格之大义，有首创之功。后者与钱谦益的《杜集笺注》并称于世。洪业《杜诗引得》序称："钱朱二书既出，遂大启注杜之风。"对有清以还的杜诗研究，影响甚大。

　　愚庵的《传家质言》，有一段话十分醒目，可作学者立身的格言来读。他这样说：

　　　　人苟立志修名，则谤议谣诼，皆吾学问之助。余以著述，横罹谗忌，然过情之誉，亦时有之。清夜循省，咎过山积，惟"疾恶如仇，嗜古若渴，不妄受一文，不诳人一语"，此四言稍可自信耳。

这段话说得非常自信，也有很高的境界，"不妄受一文，不诳人一语"，能一辈子做到这两点，也近乎圣贤了。

后来，多读了些明清间的史料，却发现愚庵的这番话，绝非空发议论，而是有所激而言。"横罹谗忌"四字背后包含着明清之际江南文坛的重要掌故。说具体点，是关于前面提到的愚庵盛名之作，即两本诗注。

原来，《李义山诗集注》一书，是在常熟释道源注解义山诗的基础上完成的，当时吴人对此颇有非议，甚而比之于郭象剽窃向秀的《庄子注》。愚庵友人汪钝翁为之辩白，说亲眼见过道源注本，"颇多芜累，且间有遗漏"。愚庵的增益剪裁，十有六七，而道源注诗未成而殁。邓之诚先生的《清诗纪事初编》，考证了"道源注诗未成而殁"的说法为不可信。牧斋《朱长孺笺注李义山诗序》中说："余取源师遗本以畀长孺，长孺先有成稿……取源师注，择其善者为之，剟其瑕砾，搴其萧稂，更数岁而告成。"已讲明这是共同劳动的成果，只是愚庵只署了自己一人的名字，引起吴人的非议，也是事出有因的。

关于《杜诗辑注》，则因为与钱谦益的注杜有干系，更是成为一桩公案。陈寅恪先生在《柳如是别传》中曾详加考论。他说："牧斋初意本以所注杜诗尚未全备，欲令长孺续补成之。后见长孺之书，始知其反客为主，以己身之著作，为已陈之刍狗，故痛恨不置，乃使遵王（钱曾）别刊所著，与朱书并行。"他又

说："牧斋《复吴江潘力田书》乃其平生所作文中妙品之一。盖
钱朱注杜公案，错综复杂，牧斋叙述此事，首尾曲折，明白晓
畅，世之考论此问题者，苟取而细绎之，则知钱朱两人及常熟、
吴江两地文人之派别异同，可不须寅恪于此饶舌矣。"牧斋为何
看不起长孺注杜？《复吴江潘力田书》云：

> 既而（长孺）以成书见示，见其引事释文，楦酿杂出，
> 间资噱噱，令人喷饭。聊用小笺标记，简别泰甚，长孺大
> 愠，疑吹求贬剥，出及门诸人之手，亦不能不心折而去。
> 亡何，又以定本来，谓已经次第芟改……乘间窃窥其稿，
> 向所指纰缪者，约略抹去，其削而未尽者，疮瘢痂盖，尚
> 落落卷帙间。

朱长孺注杜之所以被牧斋讥为"引事释文，楦酿杂出，间
资噱噱，令人喷饭"，根本在于长孺以治经的方法注杜，不能深
原杜诗的诗心史境，杜诗反成为他表现自己博学的工具。洪业
《杜诗引得》序作调和之论："钱氏求于言外之意，以灵悟自赏，
其失也凿；朱氏长于字句之释，以勤劳自任，其病也钝。"不如
陈寅恪先生的说法更为探本之论："细绎牧斋所作之长笺，皆借
李唐时事，以暗指明代时事，并极其用心抒写己身在明末政治
蜕变中所处之环境，实为古典、今典同用之妙文。长孺以其与
少陵原作无甚关系，概从删削，殊失牧斋笺注之微旨。"这也正
是吴江与常熟学风之差别所在。

朱长孺视顾亭林为老师，为畏友，他走上治经的学问道路，自言受亭林指引。《亭林佚文辑补》中《与人札》，据寅恪先生考证，应为寄长孺书，内容可视为对长孺注杜含蓄的批评。札云：

> 十年间别，梦想为劳。老仁兄闭户著书，穷探今古，以视弟之久客边塞，歌兄虎而畏风波者，复若霄凡之隔矣。正在怀思，而次耕北来，传有惠札，途中失之，仅得所注杜集一卷。读其书，即不待尺素之殷勤，而已如见其人也。吾辈所恃，在自家本领足以垂之后代，不必傍人篱落，亦不屑与人争名。弟三十年来，并无一字流传坊间，比乃刻《日知录》二本，虽未敢必其垂后，而近二百年来，未有此书，则确乎可信也。

"不屑与人争名"一语，或隐然针对长孺而言，非泛泛之辞。长孺名心太重，著述急于求成，这也是钱朱注杜之争的要害之一。

再回头看《传家质言》所说的"不诳人一语"，长孺真能做到么？或者，长孺真的是说他自己么？《愚庵小集》中《书元裕之集后》一文，被四库馆臣誉为能知大义。《四库提要·愚庵小集》云：

> （鹤龄）与钱谦益为同郡，初亦以其词场宿老，颇与倡酬。既而见其首鼠两端，居心反复，薄其为人，遂与之绝。

所作《书元裕之集后》一篇，称裕之举金进士，历官左司员外郎，及金亡不仕，隐居秀容，诗文无一语指斥者。裕之于元，既足践其土，口茹其毛，即无反噬之理。非独免咎，亦谊当然。乃今之讪辞谤语，曾不少避，若欲掩其失身之事，以诳国人者，非徒悖也，其愚亦甚云云。其言盖隐指谦益辈而发，尤可谓能知大义者矣。

陈寅恪先生批驳说："夫牧斋所践之土，乃禹贡九州相承之土，所茹之毛，非女真八部所种之毛。馆臣阿媚世主之言，抑何可笑！"朱长孺此文，写于牧斋死后，多少总有一点借公理以挟嫌报复注杜公案之仇的嫌疑。"不诳人一语"，或讥讽牧斋。但同是写于牧斋死后的《杜诗辑注》附记，则因牧斋曾序此书之故，感激之情溢于言表：

> 见者感叹先生之曲成后学，始终无异如此。今先生往矣，函丈从容，遂成千古，能无西州之痛？

于此可见，怀旧情深的朱长孺与疾恶如仇的朱长孺判为两人。邓之诚《清诗纪事初编》说："（长孺）与徐学乾交游，犹可云贞不绝俗。奉王士禛兄弟，则近名矣。《书元裕之集后》一文，明为钱谦益而作，乃他文推崇备至，何也？"也对长孺的大言不惭，语含微讽。从朱长孺一例，可见真正了解江南文人，殊非易事。

# 潘圣木

吴江潘柽章（字圣木、号力田）的名字，因清初"江南十大案"之一的庄氏史案而多为人知。

潘圣木及其挚友吴炎，是为此案所株连而惨遭杀害的最有才华的两位文人。临刑前，潘圣木曾赋诗呈吴炎，题为《与美生对酌绝句》：

> 平生恨不学屠沽，输与高阳一酒徒。
> 此日尊前须尽醉，黄泉还有卖浆无？

慷慨壮烈，不愧为最好的遗民诗之一。这首诗后来被嘉庆年间第一个对南明原始资料进行研究的人——杨凤苞收集到。如果没有这首诗，我们只能读到他狱中所写的《漫成四律》，中有"自怜腐草同湮没，漫说雕虫误此生"，只留给后人一副伤心悔恨的形象了。

据陈寅恪先生考证，潘圣木与钱牧斋、顾炎武的关系非常密切。他们的共同志向是修撰国史。当时私人最难得的《明实录》，圣木也变卖家产购得一部。钱、顾都曾帮助圣木收藏图籍。当时，江南文人私修国史，不仅寓托他们的故国之思，而且表达他们对兴亡史实的自由评论，是区别于官修明史的一项重要事业。可惜后来庄氏史案的株连，使得江南士人的修史热情被镇压下去，人才也受到惨重摧残。庄氏本来只是一位富裕的盲翁，并不怎么通晓史事，只因为慕名于左丘修史之事，便招致宾客，编辑成书。用顾炎武的话来说，"其书冗杂不足道也"，可是付出的代价，却恰是予清廷以口实，借实行文化摧残来巩固自己的政权。所杀七十多人，株连二百多人。潘、吴二人俱未受庄氏之聘，仅因列名参校而同时蒙难。

而潘、吴之有志修国史，确是名山事业。他们的这部明史叫做《国史考异》，牧斋在《修史小引》中说他们"一仿龙门，取材甚富，论断甚严，史家三长，二子盖不多让"。牧斋原先担心他们成书太速，只写成一本"与市肆所列诸书无大异"的俗书，然而与他们接触交往，便发现他们的写作"援据周详，辨析详密，不偏主一家，不偏执一见"（《与吴江潘力田书》），而他们"不要名，不嗜利，不慕势，不附党，不求速，终身以之"，确是真正的史家种子。牧斋下断言："要之，此书成，自关千秋不朽计。"所以放下大史家的身份，甘心为他们作搜书征文、采撷史料的工作。顾亭林《书吴潘事》一文也说："二子所著书若干卷，未脱稿，又假予所蓄书千馀卷尽亡。予不忍二子之好学笃行而不传于后也，故书之。且其人实史才，非庄生者流也。"深致人书俱亡的哀痛。潘圣木的弟弟潘耒（字次耕），后曾中清朝博学鸿辞科。亭林对此深感痛惜。据陈寅恪《柳如是别传》考证，亭林友人颇有中清举事者，皆不及此人令他痛惜。原因即在于清廷于潘耒有杀兄之仇，无论如何潘耒都不应就征辟之事。

圣木著书极繁富，可惜系狱时，存留友人家中，友人怕牵连，几乎全毁弃。其中有一部《杜诗博议》，考证甚为精详，钮玉樵《觚賸》说："朱长孺笺注，多所采取，竟讳而不著其姓氏矣。"这大约也是朱氏自谓"横罹谗忌"的事情之一。但是陈寅恪说，长孺康熙刊刻《杜诗辑注》时，"怪章则先以预于庄氏史案，为清廷所杀害。其引潘说，而不著其名，盖有所不得已。玉樵之说未免太苛而不合当时之情事也"。从这一小例，我们也可见出寅恪先生史识之平正恕道。

何以当时名声在潘、吴之上的顾、钱，反而没有在盲翁庄氏的《明史》上列名呢？顾亭林虽已被邀，却因"薄其人（庄氏）不学，竟去，以是不列名，获免于难"（《书吴潘事》）。而钱的不列名，陈寅恪认为是因为钱不愿在朱长孺的《杜诗辑注》上列名，并公开了他们的不和，搞得沸沸扬扬，庄氏因而不敢列名。陈寅恪说："噫！当郑延平率舟师入长江，牧斋实预其事。郑师退后，虽得苟免，然不久清世祖殂逝，幼主新立，东南人心震动。故清廷于江浙区域，特加镇压。庄氏史案之主要原因，实在于此。今日观之，牧斋与长孺虽争无谓之闲气，非老衲空门者之所应为，终亦由此得免于庄案之牵累……天下事前后因果，往往有出乎意料之外者，钱朱注杜公案，斯其一证耶？"陈寅恪能从史案的背后看出军事余波、人事变动以及地域特征诸因素的复杂交错，有治史"尺幅千里"之妙。且陈先生的语气中，似乎有他自己的故事影子晃动，值得我们细心寻味。

【附记】

　　袁行云《清人诗集叙录·观复草庐剩稿不分卷》："（潘）诗集《今乐府》被禁，至近代由抄本即出，刊入《殷礼在斯堂丛书》。""殷礼"一语，在近代是存亡若缕的民族文化气脉之代词。王静安先生撰述殷礼考论文章的时间、心情，亦可窥知一二。

# 万年少

　　崇祯五年冬天，江南是"衰柳寒鸦天四垂"，可是姑苏城内仍是一片酣歌醉舞。那年，陈子龙在一次酒宴之中，初遇杨爱（即河东君柳如是），一见钟情，揭开一段国士名姝情缘的序幕。随同陈子龙作此番狭斜之游的朋友，名万寿祺，字年少。陈子龙的《吴阊口号》第七首云：

　　　　万子风流自不群，卢家织锦已纷纭。
　　　　可怜宋玉方愁绝，徒为襄王赋楚云。

　　　　　　　　　　　（原注："万子谓年少也。"）

　　"卢家织锦已纷纭"，是说万年少的风流倜傥，引得姑苏不少歌女声伎倾心。而他自己，则只为了一个人，像宋玉陪楚襄王一样憔悴伤怀。在陈寅恪的《柳如是别传》的精彩考证中，万年少是陈杨初恋的唯一见证人。

　　陈子龙的这位朋友，是明季的一个大才子。他一生两次游吴门。一是早年与复社诸君交往，慷慨议论国事，亦纵情声色之乐。徐一士的《谈荟》引罗叔言撰写的《万年少年谱》说："当明季海内乱兆隐伏未形，江南又佳丽地也。年少与诸名士文宴纵横，酒旗歌扇间，跌宕自喜，见孙绣田所为传。其庚午举于乡也，名噪一时，好狭斜游，又甚工写丽人，坐上妓以此索之，辄为吮毫，诸妓之有声者皆昵就之，风流豪迈，倾动一时，同辈谢弗及也。沧桑后乃尽遣所买诸歌妓，见周栎园《印人传》。明季士大夫多纵情声色，亦一时风气。"这段记载，实际上可作明亡前的复社诗人才子的一幅缩影看。

万年少的名声大，大半由于他多能艺事，才华过人。王晫《今世说》称"年少自诗文画之外，琴棋剑器，百工伎艺，无不通晓。"陈瑚（确庵）说"万子生而能言，长而多闻，经史之书，无所不读。星舆乐律，射猎击剑，三式九章，歧黄之术，以至书画雕篆之事，无所不精。"（《送林衡者序》）要说到业通九能，方面之广，明季江南才子，找一个超过他的人，并不是太容易的。陈田《明诗纪事》引《无声诗史》评他的印、书、画，说他"得汉人章法，随事赋形，不假配搭，绝去柳叶、铁线、急就、烂铜诸习。行楷遒逸，有鸾鹤停跱之概。画仕女作唐装，楷模周昉，不必艳冶明媚，得静女幽闲之态。山水林石，随意点染，夐然出尘。其笔墨甚自矜惜"。品评亲切有味。他的诗风早期有点西昆体的味道，也是聪明才人之诗。

万年少第二次游吴门，是甲申之变后，与陈子龙等共同招募义师，起兵抗清。兵败城陷，陈子龙投水自尽，夏完淳不屈死节，而万年少亦被捕，宁死不愿降清。清兵正准备杀了他，不知是谁暗中说情，他被囚狱两月之后，得脱免而回江北。亡国后，他的诗风变而为激楚之音，如"人间歌哭悲风起，天外登临落日斜"这样的长歌当哭,如"入门自觉泪瑟瑟,握手空对湖粼粼"这样的锥心隐痛,就不是一般的才子能写得出的。陈田评之为"子山《江南》之哀,皋羽《西台》之哭,不是过也"。年少晚年隐居家乡,与妻子灌园自给,自己髡首服僧衣,自称明志道人、沙门慧寿,饮酒吃肉不禁,过亦僧亦农的生活。但是朋友仍然不少,一来看他,总是淹留数月,众人在一起流连歌哭,不失豪宕任气的旧脾气。

万年少可谓名盛江南,友人极多。据目前看到的材料,复社魁首阎尔梅(号古古)是他的挚友;顾炎武是他密谋反清的同志;陈确庵一见而心异之,"欲从而与之游,不可得";归庄也是他的难兄难弟,年少死后,归庄有《哭万年少五首》,诗云:"节士不多有,豪杰尤罕见。惟君不世才,胸臆苞宇宙。"年少中年的抗清壮迹与大志,都由归玄恭的几句诗说出来了。

万年少有一首怀念友人的诗,题为《有忆》:

> 梧桐清露不胜寒,独夜无人共倚栏。
> 鸿雁一声天似水,西风两地月中看。

写出了一副高洁、孤寒、光明澄净的高士情怀,也写出了晚明有理想的士人最后的坚守心态,是我读过的明遗民诗中印象最深的诗歌之一。

# 董　说

　　清初康熙年间，姑苏灵岩山的月函老法师，是一个身世结局如贾宝玉似的人物。

　　月函是《西游补》的作者。鲁迅先生《小说旧闻钞》引抱阳生的《甲申朝事小纪》，记述了月函的生平事迹。大意如下：

　　月函出家前的名字叫董说，字若雨，出生于万历庚申年。他的家庭是一个"房屋巍焕、园亩膏腴"的殷实富贵大家族。董说三岁即异于常人，时常像和尚一样打坐，且自言自语。五岁读书，可是塾师无论怎么教也不开口。当时的名士董玄宰、陈眉公，常到他家来坐坐。有一天，当着董、陈的面，塾师问他，究竟要读何书？他忽然开口，说要读《圆觉经》。《圆觉经》是大乘佛教的一部经典，"圆觉"的意思有点像王阳明说的"良知"。"一切如来，本起因地，皆依圆照清净觉相，永断无明，方成佛道。"于是读完了《圆觉经》，很自然地又读四书五经。十岁即能作文，十三岁便进学校，十六岁就补为廪生。二十余岁时观天象，即预感天下大乱，于是常在岁荒之时，将家里的金珠米谷散给饥寒人家，说富饶非乱世之福。甲申之变后，他剪发不剃头，头巾道袍，筑一丰草庵，足不出户。三十四岁时，忽扔下贤妻及樵、牧、耒、舫、渔、村六个孩子，跑到灵岩山，见继和尚。继和尚让他参一个禅机:"不与万物侣者是什么人?"他第三天就参明白了,因而剃度为僧,法名南潜,字月函。

灵岩山是一个香火颇盛的地方,加之月函的经历颇有传奇性,想见他的人很多。月函有三种人不见,一是纨绔,二是市井,三是冠盖。当时姑苏的抚台姓慕,再三央请华山僧师鉴和尚指引求见。有一天,月函在苏州的夕香庵礼坐。鉴和尚说,若是预先通知,必不肯见,今在夕香庵,请慕大人撤去随从,同我乘小舟去,即可相见。到了夕香庵,叩开庵门,鉴和尚先入,慕抚台在后面尾随。月函对鉴和尚说:"请稍坐,我去穿道服即来。"然后从篱门逃到湖边,乘一扁舟飘然过洞庭往灵岩山而去也。月函的清高,在姑苏传为佳话。

月函在姑苏的另一则故事,是在湖边造一小舫,名为石湖泛宅。喜欢下雨的日子里,一个人呆在小舫中听雨。陈去病《五石脂》记:"自谓舟居听雨则静,雨色亦不俗而绿;绿则凉,凉则远。惟凉与绿通,视听其微乎?"月函原是这样一个简静的人。但与其说月函是一个诗僧,倒不如说他是一个读书僧、小说僧。传说他每往名山游,必有书五十担相随,虽僻谷之深,洪涛之险,也不须臾相离。这么多人挑着书担跟随,岂不是有些夸张?跟他不见市井的说法,又有些不大能一致。但从他曾经创作《西游补》来看,他好读书,尤其是好读异书、杂书,因而才有这样夸张的传说。他的《春日》诗说:"但遣异书供研北,不妨野语听齐东。"很可能挑担子的书僮都是喜欢他的故事的书迷。钮玉樵《觚賸》说《西游补》一书"俱言孙悟空梦游事，凿天驱山，出入庄老，而未来世界历日先晦后朔，尤奇"，认为不仅是游戏之作，而且是政治预言小说。真是这样，月函就有些深不可测了。

月函的诗歌，我读得很少，只是感觉他喜欢说梦。如《漫兴》："眼底三千年旧迹，梦中七十二青峰。"如《书屋初成》："愁来草阁四窗雨，梦里江南万叠山。"又如《往灵岩峰顶》："峰绕石楼游是梦，眼空云海物真齐。"皆属于陈田所评的"耽情于方外，游梦于山径"，"伤心之至，有托而言"。董说——月函的故事，使后人感受到江南才子的深度。

# 梅花楼

　　西湖一地，吟不尽的名章秀句；秦淮一水，说不完的国士名姝；虎丘一山，数不清的胜迹珍闻。江南为中国人文荟萃之地，西湖、秦淮、虎丘，又为江南之人文渊薮。且说虎丘。茶磨山人顾铁卿《桐桥倚棹录》一书，仿虎丘旧志之例，专记山塘一带之山水、名胜、寺院、祠宇、第宅、古迹等凡十二卷，是虎丘胜迹最权威的文献，遂使虎丘一山，不啻为一部明清文化大观。顾颉刚先生曾于江苏文物管理会得见其书，"以索价奢，会中不能购"，深以为憾，后多番周折，终归己有。俞平伯先生题顾颉刚藏《桐桥倚棹录》诗曰："茶磨山人《倚棹》编，阖西风物庶其全。""写出莺花吴地记，不教明月擅扬州。"山塘七里，多少灯火樊楼、前尘梦影。这里且说一说明末清初的两位梅花楼主人。

　　梅花楼在虎丘山西侧，因文徵明画壁梅花而得名。文氏在此楼事迹已无可考知，而一座普普通通的旧观古园，因曾作为另外两位同时代奇人高士的寓舍，遂令人有无尽低回的意味。《桐桥倚棹录》卷八"归文学庄寓舍"条：

　　　　在梅花楼。《顾苓集》："庄字玄恭，昆山人。（归）有光曾孙。工诗文。明亡，弃诸生寓梅花楼。著有《悬弓集》。"

又同卷"徐崧寓舍"条：

> 在梅花楼。尤侗《（百城烟水）序》云："崧字松之，吴江人。博雅好古。囊书载笔，搜讨遗迹，著有《百城烟水》一书。寓吴阜最久。"曹尔堪有《虎丘喜遇徐松之》诗云："白公堤畔偶停舟，忽遇高人喜遍游。自别荷园经数载，正宜茗馆话三秋。酒倾竹叶临仙径，词辑梅花忆寓楼。却怪光阴偏易过，雪霜尔我并盈头。"

徐崧《百城烟水》卷一《苏州·梅花楼》记："顺治间，余与陈太仆皇士，薛子伟楚两寓于此。"说明徐氏有两次寓居梅花楼，时间可能不长。徐崧赠友人曹尔堪诗："曾向山楼一笑看，仙人留下紫霞冠。梅花落尽春风里，玉笛凄凉月影寒。"与曹氏诗末句"雪霜尔我并盈头"一样，不仅表明了他们同寓梅花楼的时间节令，且都有以梅花苦节犯寒自励之意。

归庄有《观梅日记》，专记姑苏游历之事。有一则云：

> 二月十二日，自昆山发舟，晡时至虎丘，遍观花市。舟小，寓梅花楼，盖旧观也。夜独酌，薄醉，步虎丘石台，时月方中，有微云翳之，欲待夜深云净，遣童子取氍毹，

寓僧以早闭门请，遂不能久留，吟二绝句而入卧。诗曰："邓尉山梅是胜游，东风百里送扁舟；更爱虎丘花市好，月明先醉梅花楼。""月午清华落剑池，谁家乐部恣群嬉？名山不用喧箫鼓，独上高崖自咏诗。"

考此则日记前有"乱后二十年中"数语，归庄此次寓居梅花楼，应为康熙三年事。是年柳如是自缢，张苍水就义。江南抗清之事，隐为潜流缕缕不绝。"独上高崖自咏诗"，愤世孤寒之意，勃郁而出。

同为梅花楼寓主，徐崧与归庄不同，代表着明末清初两种文人志士的生命形态。徐崧是诗人而兼地志专家、旅行家，明亡后足迹遍及吴中，专事搜求吴地古今沿革之史事故实，被时人称为"吴地之董狐"。而归庄是诗人兼反清义士，明亡后与顾炎武等密谋抗清，曾亡命为僧。徐、归皆好游佳山水。徐崧是文化梦游者、文化招魂人。"时以一瓢两屐，数百里，每遇名山大川，徘徊眺望，即至一丘一壑，亦必旁搜幽眇，寻章摘句，收拾奚囊中，荟萃成卷。"（尤侗《〈百城烟水〉序》）而归庄是文化哭灵人、文化浪子。"尝南渡钱塘，北涉江淮，所至遇名山川，凭吊古今，辄大哭，见者惊怪，而公不顾也……时有'归奇顾怪'之目。"（王德森《昆山明贤画像传赞》）所以徐崧的代表作《百城烟水》是空间的，归庄的代表作《万古愁》曲是时间的。《百城烟水》将中国文化的千城百市，化而为姑苏一郡，以姑苏的史地故实与名章逸文，浓缩文化的精华。正如其友人张大纯的序云:"或有疑之者曰:是书名'百城'而止及姑苏,何也?余曰:佛书不云'化城'乎?无可以为有,一亦可以为百也;且安知有之不藏于无,而百之不归于一乎?"而归庄的《万古愁》曲则缕陈历代史事,于古之圣贤、君相,无不诋呵,辞语恣肆放旷,极长歌当哭之能事。陈寅恪先生诗:"纵回杨爱千金笑,终剩归庄万古愁。"表明这是一种超越时代兴亡的文化忧患与乡愁。

明朝灭亡了,徐崧用阴柔的方式来讲中国文化,夕阳古寺之间有帝子湘妃的烟水迷离,而归庄则用阳刚的方式来讲中国文化,神气飞扬之间有屈子哀郢的痛哭流涕。我曾改虎丘梅花和尚诗两字,题赠二先生:春梦醒时成大觉,梅花香里证今生。

# 吴汉槎

　　秦吏、汉阉、六朝清谈，唐藩镇、宋小脚、明八股，是关于中国历朝衰败大要的顺口溜。明代以八股文取士，造成中国历史上士大夫精力的浪费、人格的扭曲、命运的悲惨，在《儒林外史》中有精彩的揭露。但是，明代八股文毒痈的总溃决，则是到了明亡以后，即清初顺治十四年的丁酉科场案。而这一轰动全国的大案中所牵涉的江南才子吴兆骞（字汉槎），则是八股取士制的可怜的牺牲品。

　　科举在明末真是腐败得一塌糊涂。它基本上失去了唐代向寒族士子开放政治权利，以及宋代文治社会的积极功能，恶化为行贿受贿、结党营私、卖官鬻爵的制度痼疾。当时有一件事，最可表明其腐败程度。顺天府的考官名李振邺，与一位名叫张汉的贡生交往甚密。李氏以小妾赠张汉，小妾嫌张汉的日子过得寒酸窘迫，向李振邺抱怨。李于是对她说："我很快就要去批阅考卷了，你可以悄悄对新郎说，找几个愿意出钱的好主，每人六千元，他可以拿二折的回扣。找三个人，就是三千多元，到那时，还愁你的这位新郎不富？"妾喜告张汉。张汉说："与其为人谋，何必不为自己谋？你如果能知道考题关节，我可以拿一半的钱。到那时，你都可以做夫人了，还用得着羡慕这三千

陈洪绶《高贤
读书图》

元钱么?"小妾于是求振邺透露考题关节,振邺开始时不答应,经不起小妾撒娇作痴,终于"出枕中秘以相授受"。张汉很快因此致富,驰逐于华胄富豪之家。后来因相互猜疑,李、张二人不和,事发,俱被斩首。

丁酉科场案的背景也是这样的金权交易。江南主考官方猷、钱开宗,所取之人,或是他们的亲戚宗人,或是朝廷命官的公子,弊窦多端,物议沸腾。好事者刊刻传奇名《万金记》,以"方"字去一点为"万","钱"字去偏旁为"金",影射二主考姓。尤侗所著《钧天乐》,亦是丁酉科场的谤书。这样的口碑流传,引起了清廷的注意。顺治皇帝正恨江南反清士风甚炽,找不到下手处收拾这帮遗民孽子,也正愁找不到一个办法笼络收买首鼠两端的士人举子,这时,腐败的八股取士制突然给顺治皇帝提供了一个绝好的机会。于是皇上传旨,将方、钱二人革职拿办,并亲自复试丁酉科场江南举人。他就这样一方面扮演主持正义的红脸角色,将受贿行贿者充军的充军、斩首的斩首;一方面又扮演恩师的角色,让那些复试通过的举子,不仅庆幸自己游魂逸出于刀下,而且从内心里栩栩然自命为"天子门生"——你说这八股文害人不害人?

于是,顺治十五年初春二月某日,一场中外考试史上最荒诞的考试在北京中南海的瀛台举行。"当复试时,试官罗列侦视,堂下列武士,银铛而外,黄铜之夹棍,腰市之刀,悉森布焉。以两护军夹一举人入场,持刀恐吓",考生"皆战不能终卷"(许嗣茅《绪南笔谈》)。试想,清廷若是真的想重新取得科场的客观公正，哪里用得着持刀恐吓，武力相向？它这样做的目的，还不是想人为地制造冤狱，杀鸡儆猴么？然而，参加复试的苏州诗人吴兆骞高傲地说："焉有吴兆骞而为一举人行贿者乎！"于是交了白卷，既坚守自己第一次考试的真实有效性，亦不愿在刀棍交逼之下来证明什么。贫贱不能淫，威武不能屈，不愧为江南才子中的清流，为遭受人格扭曲与政治迫害双重屈辱的士人吐了一口气。

可是，吴兆骞付出的代价，是长达二十三年发配宁古塔（今黑龙江北）的流离生活。二十七岁的苏州少年，名重江左的诗人才子，于是从"倚楫绿潭空，新莲相映红"的温柔水乡，来到"横天风瑟瑟，匝地雾苍苍"的冰天雪窟之中。吴兆骞原先是那样一个文采飞扬的读书种子，他的不幸遭遇，激起了江南文友诗侣以及文坛宿老的深切关注，有很多人写诗歌咏、传唱这件事，他的形象几乎成为清初的王昭君、苏武子。当然，写得最好的是吴梅村的《悲歌赠吴季子》，诗云：

　　人生千里与万里，黯然销魂别而已。君独何为至于此？山非山兮水非水，生非生兮死非死。十三学经并学史，生在江南长纨绮。词赋翩翩众莫比，白璧青蝇见排抵。一朝束缚去，上书难自理，绝塞千山断行李。送吏泪不止，流人复何倚？彼尚愁不归，我行定已矣！八月龙沙雪花起，橐驼垂腰马没耳。白骨皑皑经战垒，黑河无船渡者几？前忧猛虎后苍兕，土穴偷生若蝼蚁。大鱼如山不见尾，张鬐

为风沫为雨。日月倒行入海底，白昼相逢半人鬼。噫嘻乎
悲哉！生男聪明慎勿喜，仓颉夜哭良有以。受患只从读书
始，君不见，吴季子！

梅村诗不愧为诗史。他以"斯文同骨肉"的深情，赋予一
个不幸的江南才子以不朽的生命。而顾贞观的两首《金缕曲》，
终于感动了太傅明珠之子成容若，再加上徐学乾大力筹措赎金，
吴兆骞终于在康熙二十年得以赎归。可惜那时吴梅村已死，"太
息梅村今宿草，不留老眼等君还！"（王士禛《和健庵喜汉槎入
关》）要是没有顾贞观的词、徐学乾的金，汉槎、汉槎，终生将
"奉使虚随八月槎！"

有一个佚名的读者，读了吴兆骞塞外诗，很尖锐地说："伤
今吊古，谀贵求生，离词虽工，结衷实鄙。"（《秋笳集》附录
四）而《四库提要》亦说："特其自知罪重遣轻，甘心窜谪，但
有悲苦之音，而绝无怨怼君上之意，犹为可谅，故仍存其目。"
确实，《秋笳集》中吴兆骞的塞外诗做得并不怎么好，但他如果
不是"谀贵求生"、"绝无怨怼"，又怎么能熬过二十三年而返回
江南？吴兆骞惊人的生存意志，可悯可叹；而四库馆臣的阿谀
皇上，狗鼻子乱嗅，亦可圈可点矣！

# 杨廷枢

　　谢国桢先生的《明清之际党社运动考》是一本名著。鲁迅先生曾表彰其"钩稽文史，用力甚勤"（《且介亭杂文二集·题未定草杂》）。《剑桥明代史》的作者评价为"对明末清初的政治活动的详尽研究，实际上已经成为对这个题目继续进行研究的出发点"。

　　谢著附录有《记清初通海案》长文。顺治十六年五月，郑成功会同张煌言舣舟北上，直抵京口，突破镇江，声势极壮。不久，郑、张即被清军所败。此次事件之前，江南遗民士大夫及平民暗地里与郑、张沟通联络，提供资助，事后遭清廷残酷镇压，仅金坛一地，屠戮灭门，流徙遣戍，多达千余人。史称"通海案"。谢国桢先生重点钩索了吴县金圣叹之狱、浙中祁班孙、魏耕之狱等要案，以及金陵、宣城等地所波及牵连士人。由于清初史料的残阙毁禁，也由于谢著难免顾及不周，通海一案待发之覆仍有不少。苏州复社社长杨廷枢（维斗）的事迹正是一个有待补充的史实。

　　杨廷枢是复社前身——应社的创始人之一。《静志居诗话》："先生倡应社于吴中，评骘五经文字。"应社的前身是苏州的拂水山房社。应社的命名，大概是取《周易》"同声相应"的意思，与明末结社的一般初衷相同，是以文会友，选择结纳知己的地方。杜登春《社事始末》记："杨维斗先生设帐于沧浪亭内，为其子焯择友会文。"所以初时只是师友通家的结合。应社的成员，有张溥、张采、朱隗、顾梦麟等。后应社与复社、几社合并，杨廷枢为吴中复社社长，声誉日重。而结社一事，也由讲文会友之雅集，转为领袖士风、结纳同道的政治活动。明代士风之嬗变中，文章讲习起了一种很微妙的作用，他们的初意是"以今日之文，救今日之为文者"（艾千子语），后来变而为"以今日之为文者，救今日之为政者"。这一点，是中国文化历史中很可注意的一个现象。杨廷枢对自己的评价，用了两个历史人物作比喻，一个是郭林宗，一个是文天祥。他的前期是负纲常名教重任的郭林宗，他的晚节是"留取丹心照汗青"的文天祥。维斗先生的自况自喻，可以当之而无愧。

杨廷枢最好的朋友是徐汧。顺治二年徐殉难，杨廷枢即隐匿于邓尉山中。徐汧是最早一批烈士之一，他的死节值得一叙。甲申之变后，徐号痛不已。南方的福王立，士大夫都满怀希望，以为中兴可望，惟独徐汧忧患极深，说："相无王导、谢安，将非祖逖、陶侃，区区新造之江左，分门别户，燕雀处室，其能久乎？吾惟一死，以报十七年忧劳故主耳。"说明他非常清醒。徐汧常常指着院子里的池水说："这就是止水。"南京不守的消息传来，徐汧在家中上吊自尽，被家仆发觉，不得死。不久即从山中深夜泛小舟至虎丘，月下沽酒独饮，饮罢整肃衣冠，北向稽首，从容赴虎丘后溪新塘桥下自沉而死。当时有一老仆在旁，也跃入水中殉死。从徐汧其人其事，也可以看出杨廷枢的性格志意。

廷枢隐邓尉山时，死志早决，后来受吴胜兆"通海案"牵连，不过是外缘而已，即血书中说"虽云突如其来，吾已知之久矣"。为吴胜兆运筹谋划的人，是廷枢门人戴之隽。戴氏被捕后，"词连廷枢，遂被执"，这是明末乱世中学生出卖老师的一个例子。复社中人，鱼龙混杂，这也是事出必然。张溥要不是早死几年，其命运与廷枢不会有什么两样的。

顺治四年五月，清帅于吴江泗洲寺会审杨廷枢。巡抚甚看重廷枢的名声，想诱降他，为江南士人做一个榜样，就说只要剃头就可以免于杀头。廷枢朗声回答："砍头事小，薙头事大。"于是被推出斩首，一妻一女同时殉难。廷枢此语，乃为江南抗清志士广泛流传，是当时最具血性的声音。计六奇《明季南略》记："临刑，大声曰：'生为大明人，'刑者急挥刀，首坠地，复曰：'死为大明鬼。'监刑者为之咋舌。"

廷枢殉节事最壮烈的一幕，是临刑前几日，舟中题书血衣托孤，书两通，计五百三十余字；七绝十二首，计三百三十六字，两者共计近九百字。除释子的刺血写经，这是我读到的中国文学中最长的血书了。

血书中给人印象最深的有两点，一是廷枢对妻女的表彰："骂贼全贞，不愧丈夫之气概；舍生就死，殊胜男子之须眉。一家视死如归，轰轰烈烈；举室成仁无愧，炳炳琅琅。"另一是廷枢读书受用的自证。血书曰："生平所学，至此方为快然！""俯仰快然，可以无憾。觉人生读书至此，甚是得力！"明代束缚于八股文章之中的奄奄士气，至此方一吐为快。明儒罗近溪《盱坛直诠》曾说："只试谓我弟兄读书而及第，仕宦而作相，临终时还有气叹否？族兄曰：诚恐不免。予曰：如此，我辈须寻个不叹气的事做。"明儒的"不叹气的事"，到了江南遗民如杨廷枢辈时，方才成了正果。如见天地之美，如见神明之容。

# 卞玉京

吴梅村的《过锦树林玉京道人墓》诗传，是了解明末江南名伎卞玉京的最重要材料，甚可珍贵。兹录全文如下：

玉京道人莫详所自出。或曰秦淮人，姓卞氏。知书工小楷，能画兰，能琴。年十八，侨虎丘之山塘。所居湘帘棐几，严净无纤尘。双眸泓然，日与佳墨良纸相映彻。见客，初亦不甚酬对。少焉，谐谑间作，一坐倾靡。与之久者，时见有怨恨色。问之，辄乱以它语。其警慧，虽文士莫及也。与鹿樵生一见，遂欲以身许。酒酣，拊几而顾曰：亦有意乎？生固为若弗解者。长叹凝睇，后亦竟弗复言。寻遇乱别去，归秦淮者五六年矣。久之，有闻其复东下者，主于海虞一故人。生偶过焉。尚书某公者，张具请为生必致之。众客皆停杯不御。已报曰：至矣。有顷，回车入内宅，屡呼之，终不肯出。生悒怏自失，殆不能为情，归赋四诗以告绝。已而叹曰：吾自负之，可奈何！逾数月，玉京忽至。有婢曰柔柔者随之。尝着黄衣，作道人装，呼柔柔取所携琴来，为生鼓一再行。泫然曰：吾在秦淮，见中山故第，有女绝世，名在南内选择中。未入官，

吴梅村画像（顾见龙　绘）

而乱作，军府以一鞭驱之去。吾侪沦落分也，又复谁怨乎？坐客皆为出涕。柔柔庄且慧。道人画兰，好作风枝婀娜，一落笔尽十馀纸。柔柔侍承砚席间，如弟子然，终日未尝少休。客或导之以言，弗应；与之酒，弗肯饮。逾两年，渡浙江，归于东中一诸侯，不得意，进柔柔奉之，乞身下发。依良医保御氏于吴中。保御者，年七十余，侯之宗人，筑别宫，资给之良厚。侯死，柔柔生一子，而嫁。所嫁家遇祸，莫知所终。道人持课诵戒律甚严。生于保御中表也，得以方外礼见。道人用三年力，刺舌血为保御书《法华经》，既成，自为文序之。缁素咸捧手赞叹。凡十余年，而卒。墓在惠山祇陀庵锦树林之原。后有过者，为诗吊之。

这篇文字很好读懂，然而有几个问题仍有待于进一层阐发。第一，关于卞玉京的性情。卞玉京除工诗能琴善书外，尤喜画兰。所画兰风姿婀娜，满纸清韵，可见其清幽贞静的天性之美。她那居室纤尘不沾的一种洁癖，待人接物"不甚酬对"的一种逸气，皆属此天性的自然流露。第二，鹿樵生即吴梅村的号。卞玉京与梅村一见倾心，"酒酣，拊几而顾曰：亦有意乎？生固为若弗解者。长叹凝睇，后亦竟弗复言"。寥寥几语，便画出她坦诚真挚、大胆主动而又自尊自爱的个性气质，是一种"拼把红颜为君绝"的爽脆。钱牧斋《金陵杂题绝句》第三首正是写这件事情，诗云：

> 钏动花飞戒未赊，隔生犹护旧袈裟。
> 青溪东畔如花女，枉赠亲身半臂纱。

再看上文中，"生固为若弗解者"的"固"字，是"故意"的意思，写出此一才子假装不懂，一副青楼薄幸儿的神情动态。梅村后来的"忏悔"，正是咎由自取。他最重要的忏悔诗，也即此文中"归赋四诗以告绝"的诗，即指《琴河感旧四首》，作于顺治七年。其中第三首云：

> 休将消息恨层城，犹有罗敷未嫁情。
> 车过卷帘劳怅望，梦来携袖费逢迎。
> 青山憔悴卿怜我，红粉飘零我忆卿。

256

　　记得横塘秋夜好，玉钗恩重是前生。

这首诗的"横塘"，即文中"虎丘之山塘"。梅村这时才感到了
"玉钗恩重"，感到了前生夙缘的情感分量。

　　第三，卞玉京入道的缘由，是害怕被清兵劫持。清兵在江
南劫掠女子，并不是一般的战争蹂躏野蛮行径，而是一次自上
而下的有计划的行动。其目标主要瞄准有才艺的江南女子。据
陈寅恪先生的考证，顺治七、八年间，清人确有按花名册来点
取强夺秦淮当时及旧日乐籍名姝的军事举措，而这一事件的背
后动机，也许与清世祖喜爱江南戏剧清曲有关。也就是说，这
跟来自伊斯兰文化的萨拉森人劫掠罗马的街道、民居和修道院，
来自匈牙利平原的游牧民族马札尔人蹂躏法国、德国和意大利
的姑娘有一定的区别。但是，就此项举措给江南文化心灵所造
成的伤害，则是十分惨痛的。这就是此文中玉京弹琴为诸名士
讲秦淮中山故第女子伤心故事的心理底蕴。玉京的这番自诉身
世，后来（顺治八年）被梅村写成了名篇《听女道士卞玉京弹
琴歌》。兹引有关此一伤心史的若干写实诗句如下：

　　依稀记得祁与阮，同时亦中三宫选。可怜俱未识君王，
军府抄名被驱遣。

　　这是说，明苏松巡抚祁彪佳女、阮大铖的侄女等名在宫中
的女子，都被南下清兵劫掠去。

　　碧玉班前怕点留，乐营门外卢家泣。私更装束出江边，
恰遇丹阳下渚船。剪就黄绒贪入道，携来绿绮诉婵娟。

　　这是说，在乐籍的歌伎害怕，而脱了乐籍已嫁人的女子也
害怕。卞玉京只得遁入道观。

　　十年同伴两三人，沙董朱颜尽黄土……莫将蔡女边头
曲，落尽吴王苑里花。

　　这是说，沙嫩儿、董年等人已被清兵劫掠而去，下落不明。
沙嫩儿即《板桥杂记·丽品》中说到的那"骨体皆媚、天生尤
物"，人以"二乔"呼之的金陵名伎沙氏姐妹之一，董年是与董
小宛以姐妹相称，名声相颉颃的"秦淮绝色"。诗人在结尾感叹
道，眼前的人不要像当年的蔡文姬落入匈奴人的手那样，落入建
州人的魔掌。吴梅村《扬州》四首之四，也是这一事件的史诗：

　　拨尽琵琶马上弦，玉勾斜畔泣婵娟。
　　紫驼人去琼花院，青冢魂归锦缆船。
　　豆蔻梢头春十二，茱萸湾口路三千。
　　隋堤璧月珠帘梦，小杜曾游记昔年。

　　诗中"紫驼人去"、"青冢魂归"，正是说名姝被劫掠北去，
只有魂归江南。而小杜"十年一觉扬州梦，赢得青楼薄幸名"

的旧地，只剩一帘残月冷梦。

　　玉京的最后的结局是依一个七十多岁的老医生过活，青灯古屋、写经奉佛，了此残生。钱牧斋《秦淮水亭逢旧校书赋赠十二首》之六写道：

　　　　瘦沈风狂可奈何，情痴只较一身多。
　　　　荒坟那有相思树，半死枯松伴女萝。

　　据陈寅恪说，这首诗是写卞玉京的。"荒坟"指东中诸侯，"半死枯松"指老医生，"女萝"指卞玉京。如果是这样的话，钱牧斋的诗，写得真是太油滑，缺少对于玉京应有的一份同情。所以，他自己也说他与吴梅村"同床异梦"，梅村则说他的诗与卞玉京不甚相干。

　　但是，吴梅村的名篇《听女道士卞玉京弹琴歌》，虽然写出了乱世人生中对于不幸女子身世的悲悯与同情，却掩盖了他自己的始乱终弃的薄幸行为。玉京说："吾侪沦落分也，又复谁怨乎？"言外之意，是宽宥了梅村的负情，将一个爱情的悲剧，推广为一个天涯共命的国士名姝相通的悲剧。这是玉京的看透与不再计较。但是，她的语气之间，又有多少无奈！我们不能苛求一个在乱世狂风中命如蓬草断萍的女子如何掌握自己的命运，我们也不能责备梅村这样的"天下大苦人"，何况他已经有那样一些忏悔之作。历史留给后人的，是对于人的命运的寻思，如此而已。

# 寒山寺

　　寒山寺是虎丘的一个异数。虎丘喧热，寒山幽冷。虎丘游人多，"凡月之夜、花之晨、雪之夕，游人往来，纷错如织"。尤其是每年的中秋，倾城而出的那些靓妆丽服、翩翩裘马，将虎丘装点得如雁落平沙、霞铺江上，华美得不可名状。寒山寺游人少，一声乌惊啼，月落怀天末。俞平伯在雨天里游寒山寺，"人在废殿颓垣间，得闻清钟，尤动凄怆怀恋之思，低回不能自已。夫寒山寺一荒寺耳，而摇荡性灵，至于如此"。冷雨孤舟，微烟渔火，还有那枫桥岸边，乌篷船里，恒久的一个独自对愁不眠的诗人，听一钟敲下满天霜！

　　中国文化，在一座城市里，竟会安排了如此不同的风景。或者说，是虎丘与寒山寺，凸显了中国文人的"嗜好矛盾律（law of the antinomy of taste）"，映现了他们"相反的自我（the most unlike，being my antiself）"。他们既爱听莺寻柳，在春天里销魂；又喜斜阳散了歌尘，秋月落得满船都是诗。既不忘刻烛留香、题裙分泪，缠绵得歌尽桃花扇底风；又眷恋那寒山岁末、枫桥夜泊，残钟烟际寺、远火月中船，穿过疏疏淡淡的星河，夜禅参到断肠时。钟声来时，夜已曛黑，邱仲孚揉一揉惺忪的睡眼，收拾收拾案几狼藉的书叶，吹灯准备就寝了，而王渔洋先生才摄衣着屐，孤身一人，举一火烛上岸，直奔寺门，题诗二首于壁，掷笔而去。诗云：

> 日暮东塘正落潮，孤篷泊处雨潇潇。
> 疏钟野火寒山寺，记过吴门第几桥？

> 枫叶萧条水驿空，离居千里怅难同。
> 十年旧约江南梦，独听寒山半夜钟。

第一首写得空灵，第二首写得深情。好一个"十年旧约江南梦"！将"相反的自我"皆糅合在一个梦里了。

然而，寒山寺毕竟比虎丘多一些蕴藉，多一些深沉，也更富于江南文化的深意。历代关于寒山寺的诗典中，"丰干饶舌"是很有象征意义的故事。有一个人，将上任台州太守，忽然患了剧烈的头痛症。丰干为他治好了，太守请他说出一个要求，丰干说，你去国清寺拜谒文殊、普贤，就是那里的寒山、拾得。太守果然亲往礼拜，寒山、拾得连声喝叱，笑骂道："丰干多嘴多舌。你连菩萨都不识，礼我们做啥？"说完，二人相携，至一处山岩，高喊："贼！贼！"便缩身而入石缝，石缝从此便永远合闭了。寒山、拾得钻入的石罅，虽在天台山，但诗人还是常用此典歌咏寒山寺。典故中含有丰富的中国语言哲学。陈寅恪先生诗："丰干饶舌笑从君，不似尊朱颂圣文。愿比麻姑长指爪，傥能搔着杜司勋。"则用此典来表达对于世俗声光的不屑。张尔

田"春晚泛舟枫桥寒山寺",作《念奴娇》词,有句云:"塔影书
空,溪流饶舌,旧赏都成陈迹。"也是极好的对子。"书空"的
故事,是说晋代的殷浩,成了被贬黜的臣子,常常见他对着空
中写"咄咄怪事"四字。"饶舌"与"书空",一个爱说话,一
个不说话。爱说话的,治好了人家的头,却害跑了绝代的高人。
不爱说话的,保住了自家的头,却不知宇宙的哪里出了怪事,
幸耶? 不幸耶?

雨意未消,游者阒然,俞平伯的诗写成了,首尾两节是这
样的:

　　　哪里有寒山!
　　　哪里有拾得!
　　　哪里去追寻诗人们底魂魄!
　　　只凭着七七八八,廓廓落落,
　　　将倒未倒的破屋,
　　　粘住失意的游踪,
　　　三两番的低徊踯躅。
　　　……
　　　铿然起了,
　　　嗡然远了,
　　　渐殷然散了;
　　　枫桥镇上底人,
　　　寒山寺里底僧,

九月秋风下痴着底我们，
都跟了沉凝的声音依依荡颤。
是寒山寺底钟么？
是旧时寒山寺底钟声么？

# 虞山行

吃好午饭，我们就去登虞山。

讲明了三点钟在山下会合。抬眼一望，眼前的这座山，实在貌不惊人，无险峻处、幽深处、绵延处，像个小山冈而已。我想，只要一个小时，就可以打个来回。

走进虞山，方知这个想法大错。在常熟城北大街旁看到的虞山，只仿佛是一幅山水立轴卷起了十分之九的上半部，仅仅露出那下面一点点，含蓄安静，平淡冲和。哪知它竟绵延十八里，里面峰峦起伏，郁郁苍苍，行人不过是巨兽脊背上爬行的一只只小蚂蚁罢了！

再想一想也不奇怪了：虞山因虞仲而得名，至今有虞仲墓。虞仲是周太王（古公亶父）的二儿子。太王看中了姬昌（泰伯之子，后来的周文王），打算传位于他。姬昌不愿意，于是虞仲就与大哥泰伯相约，拱手让国，远走他乡，避至江南太湖之滨。虞仲连中原偌大的地方都要让掉，万乘之尊的天子位在他眼里都算不得什么，那么，他最终选了虞山做自己的托身之所——古人说，山，像君子之德——虞山的朴厚深远，不正是虞仲求仁得仁的君子之德的象征么？

穿过一片树林子，虞仲墓很快就看见了。有石坊、墓道。

西城楼阁

石坊上书"南方友恭"四字。墓道残阶断石，间生杂草。绕墓一圈，无碑石，无表记，丘垄乱草丛生，但阳光明朗，视界开敞，给人一种荒而不寒，不矜持、不刻意的感觉，这与墓主不求表现的性格，适相吻合。

钱宾四先生写过一篇文章，专门讲中国历史上"无所表现"的人物。其实他所讲的，正是中国文化中代代相传的逸民、隐者、高士的传统。如果不算庄子寓言故事中的许由、务光，虞仲应是最打头的"无所表现"的人物。接下去，我们会记下一连串人物名单：伯夷、叔齐的清高固执，颜回的箪食壶饮，介之推的逃逸藏身，王斗的蔑视王权，商山四皓的高尚其志，鲁两生的抱道固节，严子陵的西台垂钓，陈抟的华山修道，林和靖的梅妻鹤子，管宁、诸葛亮的苟全性命于乱世，等等。今天，我们去富春江畔，去西岳华山，去杭州西湖，看看高山白云、

言子墓

绵绵青草，还会对这些并无表现的历史人物心存敬意，发思古之幽情。确实，西方文化与历史，没有听说要表彰、鼓励"无所表现"的人物，中国文化一开始就如此早熟，早就懂得逃避与脱离的创造性意义，懂得有所不为，然后方能有所为的人生真谛。"争"的文化无论有多少理由，无论有多大力气，在这样的文化面前，仍然不免显得像小孩子一样稚气十足。

孟子说："禹、稷、颜回同道……易地则皆然。"又说："人有不为也，而后可以有为。"虞仲所代表的"让"的文化又不是出世的。要不是他们来到这东海之隅、太湖之滨，长江下游的开发就会比中原更晚。从这个意义上说，虞仲、泰伯，都是"文化江南"的初祖人物。

另一位"文化江南"的始祖，即孔子唯一的南方弟子言偃（子游）。言子墓在虞仲墓近邻，规模格局更大，古松古柏森然。有古坊二，一书"南方夫子"，一书"道启东南"，显然更受重视。崔述、钱穆、蒋伯潜等学者都怀疑言偃不是吴人，但是《史记》、《吴地记》皆有言子吴人、言子墓在虞山的记载。钱泳《履园丛话·陵墓》"周先贤言子墓"条，曾考列宋元以来修墓情况。在数千年的江南文化史中，正如后来闻一多先生《谒言子墓》诗所说："千秋风气开吴会，六艺渊源祖杏坛。"言子为南方夫子的形象，比虞仲的形象更厚实伟大，作为儒门文学的第一高足，更契合数千年重文教、重礼俗、重才情的江南社会，这是极自然的事情。

子路是孔门最能做大事的学生，子张是最有激进精神的学生，子夏是最笃实本分的学生，颜回是最好学的弟子，而子游是孔门最有书生气、最富文化理想的学生。他做武城宰的时候，满城一片弦歌礼乐之声，孔子路过时恰听到小城的礼乐之声不绝，便随口说了句："杀鸡焉用牛刀？"子游立即用夫子平时的教导，很认真地反驳夫子，逼得孔子宣布自己刚才说的话是"戏之耳"，不能作数的。这是《论语》中孔子第一次老实的自我批评。富于沧桑之感，有时也倦于理想的夫子，在年轻而纯正的一副书生意气面前，也不得不提振自家的精神，端正游戏的态度。看来，《尸子》说的"孔子意志不坚强的时候，子路帮助他；衣服不整的时候，公西华帮助他；礼义不熟的时候，子游帮助他"，"子曰：'吾以夫六子自励也'"。这一番话，的确真实不虚，这才是孔门教学相长之道。

从前，我不明白孔子说"文学子游子夏"，为何将子游排名

"文学"第一。后来读到《大戴礼记》，孔子赞扬子游"欲能则学，欲知则问，欲善则讯（问也），欲给则豫（要想充实就多做准备），当如是，偃也得之矣"，才想通这里面的道理。孔门的"学"字，既是主体生命的修炼，又是客观知识的展开，二者不可分，都是为己之学。但是，在具体的人那里，又各有不同的侧重，有的人偏于主体生命心灵的修行功夫，有的人偏于客观知识世界的构建过程。孔门中颜回偏于前一路的"学"，后来的陆王一派心学是继承这个传统；而孔门中子游则是偏于后一路的"学"，之后的程朱也走这个路线。孔子以"学问"二字独许子游，真是大有深意。

孔门弟子中，只有澹台灭明到过南方传教，弟子三百人，一时声势颇壮。但是，南方人并不怎么纪念澹台灭明。明代时张士诚在虎丘筑城，曾挖出一截石刻，曰"澹台灭明之墓"，见顾诒禄《虎丘志》。但再也没有文献的证据，也没有哪个朝代正式为他修墓。人们都宁可相信《史记正义》中说的，澹台墓在山东的邹城。而子游并没有到南方传教，言子墓却这样规模宏敞，香火不绝。南方的古人比我们清楚，子游这样富有书生气的文化人，更适合南方纤细而文静的文化心灵，更能培植一片下学而上达、精耕而细作的精神土壤。

南方人毕竟比北方人富于想象力，尤其是江南这片水乡，充溢着多少梦思。南方有庄子的梦、老子的梦、屈子的梦，但是更大的一个梦，却是孔子的梦，"大道之行也，天下为公，选贤与能，讲信修睦，故人不独亲其亲，不独子其子"。孔子关于文化中国的这一个最大的梦，即由一句感叹引出。而孔子感叹之时，恰恰"言偃在侧，曰：'君子何叹?'"于是，引出了孔子的这一番吐露心事。"言偃在侧"真的不是一个偶然，孔子最大的心事，不是由颜回引出，而是由子游引出。那么，通过什么样的方式，由什么样的人去实现这个梦，自在不言之中。"文化江南"的文采风流，背后有最深的文化理想，也自在不言之中。在"文化江南"的腹心之地，埋着这样一位发问者、引梦人，自不能不使后人深长思之。

言子墓下，有一座小桥，桥身有"文学桥"三字。从小桥往上登，左方有一座碑亭，字迹已湮坏难辨。河水清清，松风习习，阳光是这样明媚。要到虞山极顶，还有的是路要走。

途经维摩山庄，路才走得一半，大家就进入山庄休息。山庄里有桂花树、有茶水，无佛像、无庙宇。据文献记载，这里原有一望海楼，而河东君柳如是保留下来的唯一手迹，即一副望海楼对联。这副对联写得非常好：

日毂行天沦左界
地机激水卷东溟

"日毂"象征明王朝，"左界"是指东方，即建州崛起于中国东部。上联指中国政权、中国文化沦亡于异族侵略；下联寄希望于郑成功海上之师，配合着东南大陆的反清复明力量（地机），怒涛卷水而来。联语将"望海"二字，发挥得大气磅礴，

柳如是《我
闻室剩稿》,
贝少三录

是我见过的最有思想、最有情感、又最能贴合时地的对联。

崇祯十三年的除夕,河东君柳如是乘舟从水路进城,径直住入常熟城钱牧斋家中新建的我闻室,这一大胆举措,终于结束了她自己飘泊十年、无依无靠的萍水生涯。然而,那天夜里,她的内心却是万千感慨,既自伤命运飘零,又顾虑钱家陈夫人及诸妾的反对。第二天清晨,一首伤心诗,既回顾可怜可叹的身世,又不敢对未来抱希望,写得刳肝沥血。钱牧斋为了宽慰她烦乱的心情,坚定她归依自己的信心,不仅和韵答诗,更于除夕前一日,精心安排了城外别墅拂水山庄之游。拂水山庄为钱氏家族墓田所在地,陈寅恪细致分析说:"牧斋与河东君此行,殊有妇人庙见之礼,或朱可久诗'洞房昨夜停红烛,待晓堂前拜舅姑’之嫌疑。”就是说，当年河东君拂水山庄之游，具有表示婚姻意愿的象征意义。而牧斋于相约同游的前一日，为什么要单独先往拂水山庄一趟？表面上的理由是"探梅"，但据陈寅恪先生的考证分析，真正的原因是要去亲自拆除一些河东君看到会不顺眼的东西，如与钱氏宠姜王氏之流有关的陈设之类，避免在河东君做出决定之时产生负面刺激。更进而言之，牧斋此番"探梅"，在新正之月里，可提前按例拜谒先茔，于是与河东君同游之时，便可以省去不再拜，以免河东君置身其间，产生尴尬。牧斋老人想得多周到，目的是为了尊重河东君的自由选择，这是陈寅恪先生在《柳如是别传》一书中颇富心理分析意味的精彩考证之一。

虞山绝顶，极佳胜处，一桥临空。脚底下万丈崖谷，远处有尚湖，因相传姜太公在此隐居垂钓而得名。山顶小巴车站边，一座大庙宇正在修建之中。门额一匾，沙孟海题书"藏海寺"三个擘窠大字。陈寅恪先生所说的拂水山庄旧址，正在眼前。《柳如是别传》引邓之诚《骨董琐记》："其拂水山庄，今为海藏寺。距剑门不远，有古柏一，银杏二，尚存。"其中"海藏寺"为"藏海寺"之讹。

我自然不会刻意去寻找那古柏银杏。我分明懂得，那拂水山庄、那秋水阁的梅花林子，以及红豆庄、芙蓉庄、绛云楼、我闻室，都如逝水云烟，只能留之梦寐、存乎遐想而已。

想起查慎行《拂水山庄》的两句诗："名园来到已神伤，指点云山入渺茫。"这里的"神伤"，这里的"渺茫"，几乎不可以

拂水岩

翻译成为白话文。有些感觉,尤其是诗歌的经验,是非常难以传达的。这是中国文化本身的不可言说的密码信息性质决定的。你要有感应,须亲自体验一遍密码与密码之间原先的构造情境,亲自进入幽深曲折的解码过程。从这个意义上说,古典文化都同样如此,这是古典极富迷魅、永远令后人玩索不尽的主要原因。

男女同学,欢喜地在望海墩、拂水岩摄影留念。我的目光穿越他们的姿态表情,留在他们身后的背景中。那是一大幅郁郁葱葱的岩屏叠嶂,绵密华滋、泼眼翠欲流、古意深长。这是江南山水特有的山体植被。可奇怪的是,在传统中国山水画中,我几乎找不到准确表达这种植被的作品,而日本的东山魁夷的巨幅青绿山水屏风,恰能表达这一种空苍积翠、山意溟蒙的意境。

这一大幅山色,正是尚湖之畔,河东君柳如是墓背靠的青山屏嶂。

孙原湘《钱牧斋故宅吊柳夫人》

　　大巴士沿着宽敞的虞山公路行驶，通往尚湖风景区。一路上，我们看了翁同龢的墓园。墓群规模甚大，墓道石阶整洁，陵园中古木参天、蝉声高爽。这位两朝帝王师、中国近代史的改革维新元老，看来身后风光依旧，应不寂寞。

　　离翁墓大约几分钟的车程，想不到竟是黄大痴的墓。墓道甚长，两旁林木幽秀。大痴一生画了中国最好的山水画，《富春江山居图》留给后人说不清的谜团疑案、说不完的笔墨精彩，可他自己却安安静静躺在这波光浩淼的尚湖边上，聆松声泉语，看云起云落。眼前这大痴墓，显然比翁墓朴素、简静得多了。

　　大巴士继续往前行驶。要不是路边田野中一方白色石碑突然掠目而过，我们就差点错失了柳如是墓。与翁同龢的豪华气派、黄大痴的简静疏逸相比较，她的墓不要说简单，直可以说荒陋满眼，连墓道也无，就在路边一排小树背后，隆然一土冢即是。与河东君之墓相隔约百米，共有三座墓，即东涧老人之墓，牧斋父亲、夫人之墓。看了河东君墓，我忽然产生了一个疑窦：究竟拂水山庄在哪里？在山上或山下？钱牧斋《山庄八景诗》八首之七附注引《梅圃溪堂序》："秋水阁之后，老梅数十株，古干虬缪，香雪浮动……"秋水阁可以肯定是在拂水山庄之中。清嘉庆年间常熟令陈文述《重修河东君墓记》云："得（河东）君遗冢于花园桥之北，中山路之南。东界小沟，西接园弄，盖即秋水阁、耦耕堂故址。"孙原湘《重修河东君墓记书后》："君葬所，相传在秋报门外，拂水庄故址之侧。"查揆《河东君墓碣》："君墓在虞山之西麓，拂水山庄遗址也。其前为秋水阁，其地即耦耕堂。"孙、查二人与陈文述为同时人。依上述材料，可得一结论：除非柳如是的墓现在已改迁（实际上一直没有动），可以肯定拂水山庄应在虞山之脚下。那么，如此一来，邓之诚、陈寅恪以山顶藏海寺为山庄故址，岂不是弄错了？清康熙年间人汪绎《首夏宴集秋水阁》诗云："凭高风物欲凌秋，门外平湖碧如油。"似也以秋水阁在山顶。更有持拂水山庄在山顶之说，即前引陈文述《重修河东君墓记》："……因过维摩之寺，循径而上，遂至拂水。拂水者，钱宗伯之山庄也。"他三百年前所走的路线，与今天我们所走的路线完全相同。邓之诚先生没有错。看来，唯一的一个解释是，拂水山庄占地很大，自山脚至山顶，都属山庄范围。拂水山庄的方位，应是虞山西麓，而非《古今百家咏常熟》中汪绎《拂水山庄登秋水阁》诗所注

"南麓"，秋水阁在山脚，而非山顶。汪绎诗只能说明秋水阁之高，而不能作秋水阁在山顶之证明。

　　三百年前，这里有一座颇高敞的秋水阁，秋水阁后有一片梅花树林子。钱牧斋偕同河东君柳如是，在初春二月赏梅。牧斋老人"喜而有作"，诗云：

　　　　东风吹水碧于苔，柳厣梅魂取次回。
　　　　为有香车今日到，尽教玉笛一时催。
　　　　万条绰约和腰瘦，数朵芳华约鬓来。
　　　　最是春人爱春节，咏花攀树故徘徊。

河东君的答诗云：

　　　　山庄水色变轻苔，并骑亲看万树回。
　　　　容鬓差池梅欲笑，韶光约略柳先催。
　　　　丝长偏待春风惜，香暗真疑夜月来。
　　　　又是渡江花寂寂，酒旗歌板首频回。

　　春天里的秋水阁后园，又安静又热闹，总总都是旺发流荡的春气，总总都是物心人意的珍重。牧斋老人像个欢喜无邪的孩童，他说的"春人"、"春节"、"咏花"、"攀树"，都是纯直无饰的欢喜歆幸，分不出有亲切隐秘的双关意。而河东君心里笑他是个至心在礼的老情郎，她说的"丝长"、"春风"、"香暗"、

拂水山庄图

"夜月"，在在都是知恩受宠的感念。可是河东君毕竟有那样深的沧桑心事，由这一句"又是渡江花寂寂，酒旗歌板首频回"娓娓道出。像她这样的女孩子，看到好看的花，总不会欢喜开心，她的心里直是流泪……

学生们刚才全都下车来，现在又回到车上坐好了，不知是谁，编了一只小小的野花圈儿，放在柳如是的墓头上。

大巴士从一条长堤，穿越了烟波浩淼的尚湖。长堤两边，都是好看的杨柳。

# 我看江南文化

——在浙江人文大讲堂的演讲（2006.4.6）

近几年来，关于江南的文化想象成为一种时尚。在一些商业写作的笔下，动辄即是桨声灯影的秦淮河，无边风月的二十四桥明月夜，总是春花秋月、香消玉残、男欢女爱，散发着脂粉气、肤泛的伤感和廉价平庸的诗意。不得不指出的是，这种对于江南文化以偏概全的书写，来自一只看得见的手，即消费社会的消费文化。这样说着江南，不是全错，而是将其单面化、平浅化、空洞化，其实有一种虚假诗性，一种向下沉沦的生命。正如一位做美学研究的学者对我说的："江南不就是一个销金窟么？"也正如顾炎武《日知录》有一条札记"南北风化之失"早就批评过的："江南之士，轻薄奢侈，梁陈诸帝之遗风也。"

我现在与大家重新讨论江南文化的含义：江南文化有诸多特点。譬如，重文教、重才情、重礼俗；譬如，美与智的融合，知性与感性兼有；譬如，中国文化的动力因素、创意因素，而终究又表现为一种美的创造，等等。其中我认为重文教、重才情最为重要。有这个特点，江南文化就不会向下沉沦。江南文化有很多创造性，我今天讲一点，可以用一句话来概括，即**将学问消融于美**。

这个题目有什么意义呢？深入理解江南文化的底蕴，知道它的历史大势。丰富与提升作为江南人的文化知识与文化认同。同时，从上海的角度来说，也是开掘上海文化的深度，增加对于上海文化的中国性的理解。

下面，主要从历史的角度来讲。

**江南文化，发源于吴太伯与其弟虞仲让国，于太湖之滨。虞山有墓，深厚含藏。开端有意义：退敛回归自然、从政治中心到文化建构。重新建立另外一种价值。起点如此，结局也如此。**

**江南文化的范围，包括苏常润、杭湖宣、明（宁波）越睦（建德）、台婺（金华）衢、温括（丽水）。**

**江南文化的走向：从苏州出发，走向金陵，再走向杭州，最后回到苏州，进而伸展到上海。一个形象的比喻：由一个箭头，发展而为饱满有力的弓身，最后发一支箭。**

## 一、江南文化的三座高峰

### 1. 以金陵为中心的南朝文化高峰

晋室南迁，衣冠南渡。东晋至隋（317—589），272年。

思想家有鲍敬言、范缜和陶渊明。无君论、无神论，都是推崇自由的，但是没有建设只有破坏。陶则是建设的，无君、无神之后，建立的是个我生命之真、自然山水之美（其中含自由、劳动、平等、真诚、淳厚，以及诗书文化等价值，有很深的智慧。只有南方的山水，才能养育陶）。陶与屈子不同，一飘逸一燃烧（影响后世甚深：思想与艺术合一、生活与文学合一）。

**书：**

**南朝三书：**《文选》、《文心》、《世说》。三书的特点是崇尚美、崇尚以美为中心的人文世界。《世说》是以风流潇洒为中心的人格风度之美（每闻清歌，辄唤奈何：爱美；人情俱亡：爱美；李势妹：爱美）；《文选》是以文采典雅为中心的文章之美；《文心》是以幽深广大结实的人文创造为中心的文化心灵之美。三书缺一不可，无《文选》，则如自然山水中无亭台楼阁之优美；无《文心》，则如亭台楼阁之外无深谷长河之气象；无《世说》，则亭台楼阁中无玉树临风的人物（影响后世甚深，自然山水与人文世界融合）。

**艺术：**

二王与卫夫人。顾恺之、张僧繇、宗炳、陆探微等。核心精神是"气韵生动"，笼罩了整个中国。行书就是在楷书与草书之间，既知性又感性。节奏韵律之美与兴象之美的结合、诗（知性）与乐（感性）的结合：又放松又收紧、又精神又随意、又刚性又柔性、又尽心又尽才、又流动奔放又挺拔如山、又北方又南方、又风雨又春花，成为最江南的诗意书法的典范。其美学奥秘是"乐舞的人文化"、"诗的视觉化"，影响汉民族甚深甚巨（后来的戏曲、小说、园林等）。


2. 以杭州为中心的南宋文化高峰

**西湖：**

**山水与人文的极美：**苏堤春晓//平湖秋月；曲院风荷//断

桥残雪；柳浪闻莺//花港观鱼；三潭印月//双峰插云；南屏晚钟//雷峰夕照。（春夏秋冬、儒诗佛道，全都美化）极人文优美与山水清佳之致。三秋桂子、十里荷花，美的引发暴力的力量。（金主的投鞭）人物之丰富多样与深度：高僧（辩才）、诗人（林和靖、苏东坡）、艺术家（米芾）、英雄（岳飞）、神女（苏小小）、侠女、烈女、学者、豪杰、高人。

**宋瓷：**

青如天、明如镜、薄如纸、声如磬。影青瓷。雨过青天。汝窑质地细腻，釉色柔和，有象牙、乳玉之美。没有反光，一点点发出幽光，其中有研细的玛瑙粉。台北故宫博物院，仅存十六件。宋瓷与唐三彩。宋瓷是一种新气质。书卷气、清明宁静的理性、平和冲淡的人性、天地宇宙间的灵气。

**茶与水的文化：**

张岱笔下的"闵文水"（人静夜分之时井水下沉，大瓮装水以文石镇之有风日子，水体不劳，水性不熟）；张大复笔下的欧阳修（泉冽性驶，非肩以金银，必破器而走）。

老龙井的水很好，矿物含量适中，品质极为纯正。但是，古人其实正有自己非科学的一种解释。辩才法师对秦观解释老龙井的泉水为什么好，是"受天地之中，资阴阳之和，以养其源"。这不仅是泉水好的理由，而且是做一个"有道之士"的理由。既不受过于阴性的环境所熏染，也不受过于刚性的环境所压迫，今天来看，不失为一种文化思想的参照。

有这样的语言，西湖就向我们展示了她的另一面：深邃含藏，而又明白自然；亲切随意，而又严肃重大。更重要的是，切近人心，而不仅是从生命的边缘滑过。

**朱子与理学的意义：**

（1）新士风：以天下为己任。理学是南方的学问。除了二程周张，朱陆王阳明，黄宗羲刘宗周，都是南方人。读余英时《朱熹的历史世界》，我们知道了宋代道学士大夫，原来是那样有理想、有担当、有智慧，前赴后继，生气凛然的儒家社群。范仲淹的"先天下之忧而忧"，王安石、朱熹的"以天下为己任"，文彦博的"与士大夫共治天下"，整整一代道学士人，心中绳绳相继的理念，即是通过他们的参与投入，"得君行道"，共定"国是"，以重建社会秩序。这是中国士人政治主体意识最为高涨、同时也是文化主体意识最为高涨的时代。如果说，先秦的士，虽有"道"的自觉，然"天下"并不在他们肩上；东汉的士，风俗极美，然"名教"仍限于精神领域；而宋代的士，"我们不妨说'以天下为己任'涵蕴着'士'对于国家和社会事务的处理有直接参预的资格，因此，它相当于一种'公民意识'。"按亚里士多德的政治定义，这是从神的位置下来，从兽的位置向上，成为最为真实、自由，人的主体特显光辉的时代，仅此一项，宋代文化之光价，即已与天地而同久。

（2）开创"亚洲之中国的时代"。第一个换千年时（公元前后交替之际），中国经过了两百余年四夷交侵，诸侯纷争，终于建立了强大的汉帝国，是为梁任公所谓"中国自发达、自争竞、自团结之时代",所谓"中国之中国时代",由此熔铸了中华民族文化主体。第二个换千年,中国经匈奴、西域,尤其是亚洲最大的文化力量佛教传入后的冲突、激荡、吐纳、交融,终于在宋代一改"儒门淡泊收拾不住"的旧格局,完成中国式的佛教即禅宗,成熟继往开来的新儒学即理学,于是回归原有的主体文化的优势地位,是为宋代成为梁任公所谓"亚洲之中国"的意义所在。

### 3. 以苏州为中心的明清文化高峰

**经济文化中心:**

康熙时沈寓说:"东南财赋,姑苏最重;东南水利,姑苏最要;东南人士,姑苏最盛。"乾隆时人称:"诚宇宙间一大都会。"嘉庆时人称:"繁而不华汉川口,华而不繁广陵阜。人间都会最繁华,除是京师吴下有。"猎微居士说:"士之事贤友仁者必于苏,商贾之衾贱贩贵者必于苏,百工杂技之流其售奇鬻异者必于苏。"(转引自范金民《清代苏州城市文化繁荣的写照:〈姑苏繁华图〉》,载《明清以来江南社会与文化论集》)"是少数几个云集全国及至外洋货物的商品中心,全国著名的丝绸生产、加工、销售中心,全国最大和最为集中的棉布加工和批销中心,江南地区最大的粮食消费和传输中心,全国少见的金融流通中心、刻书印书中心,颇为发达的金银首饰、铜铁器以及玉器漆器加工中心,开风气之先和领导潮流的服饰鞋帽中心,独步全国的美味美食饮食中心,等等。"(引同上)王士性《广志铎》:

"姑苏人善操海内上下进退之权，苏人以为雅者，则四方随之；俗者，则随而俗之。"文化资本高于全国。

**崇尚文学艺术、服饰：**

张岱《琅嬛文集》之《又与儒毅八弟》："吾浙人极无主见，苏人所尚，极力模仿。如一巾帻，忽高忽低；如一袍袖，忽大忽小。苏人巾高袖大，浙人效之，俗尚未遍，而苏人巾又变低，袖又变小矣。故苏人常笑吾浙人为'赶不着'。"

有吴门、娄东、虞山、松江、阳湖、吴江等画派。唐伯虎、文徵明、祝允明等文人画。清代苏州状元达26人，占全国的22.8%。有状元与优伶皆为苏州产之说。《苏州府志》："当赵宋之时，俗丕变，有胡安定、范文正之遗风焉。及后礼义渐靡，而前辈名德，以身率先，又皆以文章振动后生，文词动师古昔，而不梏于专经之陋，矜名节、重清议，下至布衣韦带之士，皆能摛章染墨，其俗甚美。"

最神韵的诗：《枫桥夜泊》。

最婉约的词：一川烟草、满城风絮、梅子黄时雨。——贺铸

最动人的梦：三生花草梦苏州。——龚自珍。

**苏州的园林：**

（1）化山林为城市，是政治权欲的补偿（退官和不仕，是吴太伯精神的转化延伸。是美与智的融合）。

（2）苏州园林的影响力：故宫中的乾隆御花园是最美的一个园中园。苏州工匠蒯祥的作品。

（3）人文与自然的结合：马医科巷。

**昆曲：**

融美术、音乐、工艺、文学为一炉，是中国文化皇冠上的明珠。最大的特点是"文化的音乐"，以字行腔，文字、文学、文章都融合到歌舞音乐里面去了。与书法相反。但同样是艺术化的人生，人生的艺术化。

顾亭林：最朴实厚重的学者。

金圣叹：最重才情的学者。

## 二、江南文化的特点：美与智的融合，知性与感性兼有

江南不只是诗性的、美学的意义。我只想提醒大家注意一个很重要的标志性的数据：科举考试的数据。江南进士的数目且不说，这里只以考试"首选"（即状元、榜眼、探花、传胪、会元）的人数为据。根据商衍鎏先生的《清代科举考试述录》（三联书店1958）的《清代殿试、会试历科首选省份人数统计表》，从顺治丙戌（1646）至光绪甲辰（1904）两百多年间，江苏共出产状元等184人，浙江共出产状元等137人。两省相加的人数为321人，是直隶、顺天、河南三省相加的35人的近十倍。在这个数字对比中，背后是经济、文化条件，以及高素质的人口质量的对比。可以肯定地说，明清时期的江南已经取代中原，当然地成为中国的文化中心。在"中国文化中心"这一概念的意义上，可以问的问题，那是远远超过了诸如水软、风轻、感伤、唯美这样浅碟子化的江南文化定义的。台湾的新儒家牟宗三先生曾经深刻指出过："中国文化亡于明亡之

时。"但是在短短的两百年间，原先抵抗最为激烈、遗民人数最多的江南，竟然在文化上翻身而跃为"文化中心"的地位，这不也正是从另一个角度说明了中国文化的死而复苏、重新通过和平的抵抗和文明的重建而获得真正的征服者的身份么？这哪里是杏花春雨江南这样的女性化江南所能够说明的呢？通过这样大规模的研究，至少两点是预期的：一、江南的文化深度与高度可以得到确立；像王阳明、陈子龙、张煌言、张岱、徐渭、李贽、金圣叹、黄宗羲、顾炎武、袁枚、戴震、洪升、章学诚、王国维、陈三立、沈曾植等第一流的中国文化心灵，都是简单的唯美主义文化所不能定义的。二、江南文化的多元性可以得到理解。既有暮春三月江南草书那样的感性优美的文化传统，也有考据学朴学那样理性主义的传统；既有如王阳明、顾炎武等圣贤士大夫精英文化的传统，也有《梁祝》《白蛇传》那样深入人心的民间文化传统；既有非常个人、相当隐逸的追求，也有融入宇宙热情与参与造化的兴趣。我在多年前的《文化江南札记》中就提出过这个问题，我引用牟宗三的框架，提出心、性、理与才、情、气六字来把握中国文化结构，而"明清之际的江南文化，出了不少人物，有许多豪侠义士、高人大儒、才子佳人、名姝国士，从历史人物的角度看，恰恰同时显示了中国文化中尽心尽性尽理，尽才尽情尽气的丰富多姿"。我们希望可以理解的是，江南文化其实并不是铁板一块，并非只有一种面貌、一个形象，惟其文化深厚，更显示出江南文化各种成分之间相互的张力。因而，江南文化的丰富性是一口至今也没有穷尽的深井。

## 三、江南也不只是江南的：上海与江南的共同体，上海的文化多样性

江南与上海有着极为重要的关系。首先，从上海文化的底蕴说，上海史的专家认为，上海是一个现代化的另类城市，表现为它与其他国际大都市不同的文化性格，其中上海文化的多样性即是一个特色。上海文化性格中，既有唯美细腻浪漫的一面，也有理性主义的一面，既有平民主义的色彩，也有精英主义的内涵，这些都与江南文化的底蕴有关。某种意义上说，强调了江南文化，也就是强调了上海的"中国文化性"。

其次，从上海文化与江南文化的历史来说，有三个阶段：第一，江南大于上海的阶段。可以说前现代的上海只是附属于江南的上海，江南文化构成上海文化的内容。江南的人才优势和资源优势，是上海的血脉。第二，上海独立于江南的阶段。进入近代，正如史家已经指出，时局为之大变，上海在近代快速崛起，已取代江南传统的中心城市苏州和杭州，而成为现代江南的中心城市。第三，新江南的阶段。百年的过程，即是由杭嘉湖宁绍苏松常镇宁十府构成的"江南"，逐渐变成了"上海的江南"（周武《从江南的上海到上海的江南》）。新江南的阶段，即上海与江南文化版图的重新整合，一方面必然要求有代表江南文化走向的新中心城市确立，另一方面，江南的城市一体化进程，必然要求上海与江南发生更多、更密切的联系，这

就是大江南文化圈的建立。而顺此逻辑，上海必然在重新梳理江南文化、牵动振起江南文化方面，比起浙江与江苏，具有更多的主体性，更多的"被听见的能力"。

# 如何讲好江南故事？
## ——重印后记

　　这本学习江南文化的小书，重印在即。回顾自1998年至今，忽忽已二十年，后只撰成几篇论文，结集为《江南诗学》，时光抛人，业绩荒率如此，何以面对江东父老欤。固然彼时也有彼时的乐趣，无关做论文、做课题的一种心态，细读诗书，放笔写来，在情在义，芊芊蔚蔚，又在笔墨之外。现在颇有些怀念那样一种书写的方式了。而且《札记》与其说更多关注明末江南，毋宁更是特别的读陈札记。之所以当时标举"文化江南"这样的概念，有两点可以追述。一是正如《札记》前言所云，"江南"乃古典中国的结束与返照，同时又是现代中国的开端与新机。不是因为一度史学界流行的所谓"资本主义萌芽"，而是因为"江南"包蕴了现代文明与传统中国可以结合的重大可能性与必然性，譬如它的民族精神动力，它的激烈与保守的调和平衡，它的雅俗交融和谐、即世间而超世间等。二是中国文学研究太过于注重时间一维，所谓演化、嬗变、转型等，而忽略了空间一维，尤其是忽略了人地交往与实境叙事，过多地成为一种知识的建构而无关一方水土与一方人的化育生养关联，于是古典文学成为一种学院知识训练与高级智力游戏，无关于"缘在"（Dasein）的生命意味。

因而，后来即便有了其他的札记，也不一定合适补充进去。就这样敝帚自珍，不加整容与扩容，也是有理由的。可是，不得不承认，后来的研究与书写，由于我自己力图建立文论新论述的构想，因而，不仅是为江南而江南，也有了更明确的问题意识与更大视野，因而有机会去探索诸如"为何是江南"，"何以为江南"以及"江南何为"等大的思路，这些探索，有的已经写成了长篇论文，有的仍然是一些不成文的想法；同时，这本书当然有待修订之处，与其补订旧稿，不如另作新篇，唯此故，仍可将不成文的想法，与待补订的内容，撮取要义，放入后记，略述一二，更正式的撰述，仍有待于来日。

一、如前所述，"江南诗学"，原是我有关"中国文化诗学"长期计划的一部分，"中国文化诗学"旨在建立一种富于中国文化核心意义的诗学。期望透过对中国诗与文化的重新理解与深度解读，透过中西古今的深度对话，改变西方文学理论与思想中心论的时代取向，更激活其创造活力，重建体用本末兼重的理论话语。近五年我发表一系列论文，论述"后五四时代建设性的中国文论"（《略论》、《再论》、《三论》、《四论》、《五论》），从诗道、诗人、诗境、诗用、诗生态等领域，全面用力，力图重写被五四新文化改变的古典中国诗学话语。尤其是在当今思想界重新认识中国智慧，唤起文化自觉的时代，有重要的意义。作为中国文化诗学中重要组成部分的"江南诗学"，一方面，实为中国文化最核心最深厚的诗学结晶，值得深解；另一方面，实即空间诗学。我们知道，文学史是时间的诗学，是来自西方的文学学术观念。而"江南诗学",恰恰是从空间诗学的角度,来补充时间诗学的缺失。其中比较有心得的,诸如有关"水乡"的美感经验的研究、关于美文文学形塑江南、关于历代文人想象思忆的精神共同体、关于史与诗相通的"江南认同"研究,以及关于"富春江文化意象"与作为经典的艺术史、江南女性生命书写的特美、域外江南想象等等,这些已经在《江南诗学》那本书中表达了,此不赘述。

二、上海往往把上海的根追到广富林,浙江把浙江的根追到良渚文化,这都没有错。然而作为一特别的地域文化,区别于巴蜀、三晋、闽赣、岭南、湖湘、云贵等地域文化,江南文化的根本特征,乃是既有深厚丰富的在地特色,又有极为深厚入骨的中原精神,关键是,二者竟然结合得这般好!试想,仅仅是广富林与良渚文化的自家生长发育,如何能有这么深厚的动力与新鲜的创造?这才是其他地域文化不曾具备的。因而江南文化根本上不是自然进化,而是取决于文化传播。而文化传播主要来自大规模的移民与迁徙(尤其是其中的难民与灾民)。如果我们只从广富林或良渚讲起,甚至认为它形成了一种所谓与黄河文化相区别相对峙的长江文化,这就真是数典忘祖了。毫无疑问,中国历史,以东汉为界,从崇尚武力讨伐、你死我活的"东西对峙",翻转过来,转型而为崇尚文明建设和平发展的"南北之异",这真是改写中国历史的大转变!然而在这一大转变之中,江南的水暖风轻、可居可游、文明与温和的性情,与中原的内在之仁德、礼乐与柔性,发生了极为亲和的交融。

这是通过四次大规模的移民（尤其是难民与灾民，学界与媒体界颇为避讳此一点）而发生的真切的亲近与交融。因而我强调江南文化之二源，强调中原与江南的交互性而非对抗性，这是需要更多论述的文化江南大关节。

三、关于艺术史，我有一个大判断：中国的艺术史可以用两大系统来加以简单概括，一个系统叫作汉唐系统，另一个系统就叫宋元系统。汉唐系统和宋元系统的艺术可谓截然不同：汉唐系统的美术，大多"画"在高山、大地、洞穴、宫殿、墓地里，比如著名的敦煌壁画与龙冈石窟。而且创作者都是职业化的画师、工匠，非常专业，高度技术化（至今不少材料与颜色等都还是一个谜），他们大多是以一代一代的家族技艺方式进行传承；而宋元系统的画则是画在宣纸上，画在绢帛上，开创了极为心灵化与学术化的文人画传统。宋元系统绘画的创作者大多是文人，像苏东坡、欧阳修等等，他们集诗人、画家、书法家、学者、官员于一身，不像专业画家需要养家糊口，他们完全是业余精神，余事为艺事，将学问消融于美，将境界转而为技艺，而且有较为丰富的理论、主张、鉴赏以及优秀的绘画作品被保留下来，渐渐形成形塑艺术史人心的话语权。所以说，宋元系统的艺术在中国历史上影响深远，达到了一个难以逾越的历史高度。而宋元系统的主要背景即是江南。可以说江南艺术传统，深深影响了近世中国的整个潮流。这是江南心灵的重大内涵，值得深入考察。

四、作为东亚的江南。江南不止是中国的，也是东亚世界的共同文明因缘与文化想象。以日本为例，我们知道不仅有徐福的传说，还有汉字传入的重大文明史实，古代日本人将汉字叫"本字"，汉字无疑促进了日本语言进入到书写所记录的发展阶段。其中，语言学家有认为"吴音"即来自长江以南，尤其是江东地区的音，相比于中原地区的"秦音"，"吴音"融入日语的程度较深。此外还有"吴服"、"吴织"、"吴染"，《日本国志》记载五世纪时，日本天皇派使者往吴地求缝工女，得吴织四人而归。这是海上丝绸之路的重要标志。日语读红色染料为"吴染"。这表明同时带去了染料与技术。江户时代称为"吴服"的服装样式，与今天的和服相差无几。又有水稻文化，自从1982年日本吉野里考古发掘以来，揭开了弥生文化（约公元前300年至公元300年）的神秘面纱。如果说，更早的绳纹文化（约公元前600年至公元前200年）不足以说明弥生文化中极富特色的水稻和铜铁器并存现象，那么，日本考古学界的重大猜想之一——历史悠久的中国江南文化正是弥生文化的原乡。（参见樋口隆康《江南文化の日本への流入——弥生文化に影响与ゑ吴越文化》等）原来日本文化有一个断层，一下子从原始的文化变成了文明的文化，弥生文化，填补了这个空白。考古遗址中发现了很多稻谷的化石，这些稻谷化石被认为是日本最早的稻米文化的起源。而这些稻谷化石经测定，其中的成分与中国江南的稻米非常相像，因此有日本史学家认为，日本的稻米文化就是来自中国的江南文化。我在一篇论文中梳理了晚至幕府与大正时代，日本知识人对江南风景与风物的向往，表明作为文化景观的江南名胜已经深入东亚人心。"名胜"成为江南重要的精神传播力。作为东亚精神因缘的江南，还有很多题目可以做，也是江南文化研究的一种延伸。

五、新近有关江南文化与诗学最重要的发现，是邓小军教授有关董小宛入清宫与顺治出家考的研究成果发布。《董小宛入清宫考与顺治皇帝出家考》是他花费十年工夫作了大量文献考证与田野考察而撰成的一部新著。最大的贡献即将民国时期孟森、陈垣、陈寅恪、邓之诚、高阳等的研究成果更推进了一大步。邓小军教授从康熙四年刊刻的海内孤本李天馥《古宫词》开始，发覆抉疑，经十余年的考索之功，此书结合李天馥《行路难》、《月》，陈维崧《杂诗寓水绘庵作》、《白秋海棠赋》，冒襄《同人集》诗文，朝鲜陈奏正使麟坪大君李㳣《燕途纪行》，《苗溪语录》（苗溪森为董皇后丧仪说偈）等诗文、史料，形成一个新的证据链条，最终形成了"董小宛入清宫"的突破性结论。重新梳理了董小宛自"被劫"到"入清宫"的关键环节，证实了邓之诚最早提出的"董鄂妃先入庄邸"的推测，第一次补足了董小宛在多尔衮去世后归承泽和硕亲王硕塞，董小宛为顺治所爱，顺治杀硕塞的曲折经历。我认为邓小军教授的考据不仅能自圆其说，而且根据充实，论证细密，是相当有说服力的。当然，学界依然有不同的争议，这也是正常的。如果从铁证的绝对意义上说，当然清宫档案可能早已经将这样的证据彻底销毁了，这样的史料无疑是有害于清帝的。这可能已经成为了千古无解之谜。然而我从另一个角度想，明清之际的大变局中，有这么多的董小宛传说，流行于民间与知识界，流传于士人心灵，甚至流播于异邦人士，试想扬州十日、嘉定三屠一系列江南残酷抵抗与长达数十年的江南反清复明运动，从社会心态的角度说，"董小宛"其实成了一个重要的符咒，一个重要的象征，一种隐秘的召唤，表明了江南心灵对于美的毁灭，文明的毁灭的悲剧性心灵，表明了江南心灵对于暴政的抗议与永不原谅的集体记忆，如果董小宛真的入了清宫，而且又被不断地隐秘书写，则更表明了江南心灵的希望，以及透过一种柔性的、和平的反抗而转戾气为祥和，化残暴为文明，表明了虽败犹胜，将征服者转变为文化意义上的被征服者的历史哲学，更表明了江南最深的文化精神的刚健深厚与温馨灵秀。惟此之故，在本书的札记中，关于董小宛的描述，对于如此多样而复杂的江南心灵，仅仅具有聊备一说的意义，也无需再作修补了。

是为后记。

胡晓明
于丽娃河畔
二〇一八年十二月二十一日

（本书所有有关柳如是墨迹的图片，皆由上海藏书家王德先生提供，特此致谢。）